JOSE ANDO
CAMOUFLAGE

安堂ホセ

迷彩色の男

河出書房新社

迷彩色の男

1

夕暮れを鳥が飛び去っていく。
どこからやってきたのか誰も不思議に思わない。
空に浮かぶ影は、人間の目に触れたときからすでに景色へ溶けこんでいる。
疑問を与えるよりも速く、鳥たちは去っていく。
そうやって男たちも逃げていったと思う。

一人の男が現れる。
偶然そこを通りかかった誰かにとって、それはただの風景にすぎない。
その時、その建物、その扉から出てきた男に注目する人は誰もいない。

そしてすぐ、おなじ建物のおなじ扉から男が現れる。凍ったようなガラスの扉を押して、二人目の男も街へ消える。

空っぽの扉を冷えた風がゆっくりと閉めていき、三人目の男が扉を押す。

二十人ほど繰りかえして、すべての容疑者が地上へ逃げていった。

恐怖のまま一気に溢れだすようなことは、きっとありえなかった。

その一部始終をみていた人間は誰もいない。

もしかすると地上のいたるところに設置された防犯カメラがその様子を映しているかもしれない。

けれど、その映像にはほとんど意味がない。

建物の内部で何が起こったのか記録されていないのだから、容疑者候補に絞られるのは私だけではなく、あの夜、あの建物、あの扉から逃げていった男たち全員であるはずだった。

２０１８年12月23日、〈ファイト・クラブ〉には私たち二十人あまりの男がいた。

その店は、雑居ビルともマンションとも呼び捨てられるような建物の地下にあった。

意思をもってアクセスする人間以外にその存在は知られていない。

〈ファイト・クラブ〉にやってくるのは男と接触したい男だけで、従業員も男だった。接触とは殴りあいのようなものではなく、ただのセックスに限られていた。

入場料1500円。営業時間は15時から24時。ドレスコードは全裸。

ホームページには、低解像度の文字でそう記されていた。ブルースクリーンのような背景に〈FIGHT CLUB〉というロゴだけが周囲よりも薄い青で浮いているせいで、静止画ファイルをそのまま貼りつけているとわかってしまうような、低品質のホームページだった。


〈ファイト・クラブ〉の構造は、漫画喫茶にも似ている。内部に張り巡らされた無機質な板がルートを仕切りながら個室を形取っていた。

男たちはその通路を回遊しながら男を探し、惹かれあった男たちが板で仕切られた簡素な個室で、セックスをする。

そのシステムはホテルにも似ていた。外で相手を拾って、部屋に誘う。六本木のリッツ・カールトンでも池袋のラブホテルでも行われていることを、男だけのミニチュアで再現する。それが〈ファイト・クラブ〉をはじめとしたクルージングスポットと呼ばれる店の業態で、一つ明らかな違いがあるとすれば、個室があらかじめ客ごとに割り当てられているのではなく、空いていれば好きな個室を好きなだけ使うことができるという点だった。

つまりホテルでの殺人のように、ある部屋で遺体が発見され、その部屋の宿泊者を容疑者とするような、単純な推測は不可能なはずだった。

16時30分。

血まみれになったいぶきが誰かに発見された。

フェイクレザーのマットに横たわったいぶきは、26歳。

身長は188センチ。体重は80キロ前後。

次の誕生日まで、あと一月だった。

アフリカ系アメリカ人と日本人の両親に生まれ、自作のポルノビデオを売って生活していた。

いぶきの最後のツイートは自撮りだった。

上下セットアップのスウェットが、腰から真っぷたつに捲られ、NIKEのジョックストラップに締めつけられた暗い肌がのぞいていた。力をこめてひねられた尻には、筋肉の溝がなめらかに刻まれていた。

右手のスマートフォンに注がれた視線は、いつも仏みたいな表情でやや伏せられ、画面の向こうの不特定多数とは、目をあわせようとしなかった。


配信している有料ビデオの中でだけ、いぶきはこちらに眼球を向けた。カメラを持っているのは相手の男だった。

いぶきは一年に何度も海外旅行をして、世界中でおなじように暮らす男とセックスを撮影し、有料サービスで配信していた。ビデオごとに様々な肌色をした男たちの腕が、主観さながらにいぶきを映した。

日本人が相手役をつとめたことは、今まで一度もない。プライベートでは日本人とだって普通にセックスをするくせに、決してビデオには登場させないところに、捻《ねじ》れたコンプレックスが滲んでいるようだった。


最後のビデオは夜だった。

青い闇のなかで、シーツやスタンドライト、壁に飾られた絵画が薄明るく認識できた。

いぶきの肌だけが部屋に満ちた青さと重なって、暗く濁っていた。

相手の男もまた青く、スペイン語らしいその声は、微細な摩擦音でざらざらと粘ついていた。

いぶきの顎を、男の指が摑んでいた。爪先を潰したように平たい指が、骨格を確かめるように肉を押しこんだ。

いぶきが不満そうに、男をみあげた。眼球が画面を向いた。


カットが切りかわって、相手のペニスがいぶきの口を塞いでいた。

首の静脈は、水を吸ったように膨張し、ペニスが抜かれるたび、その静脈よりずっと太い唾液の筋がゴムのように伸び、溢れた。

いぶきが顔を引き抜いて、水からあがったようにむせ返ると、そこでまた、いぶきの眼球がカメラをみつめた。

さっきまで赤く潤んでいた目は、波が引いていくようにあっさりと普通の状態に戻った。期待外れのものを嘲笑うように、いぶきの右眉がつり上がった。

それが最後のビデオだった。

どれぐらいの人間がいぶきのビデオを購入していたのかは明らかになっていない。いぶきもまた、意図的にアクセスする人間以外には、知られていない存在だった。
そんないぶきの存在が少しだけ広まったのは、ツイートされたひとつの冗談がきっかけだった。

〈蠱毒《こどく》〉

ある夏、そう一言添えられた投稿には、三枚の画像が載せられていた。
すべてニュース番組の切り抜きだった。

一枚目は、
〈つまりＬＧＢＴには「生産性」がないのです〉
その夏に物議を呼んでいたある与党議員の発言だった。

二枚目、三枚目は、別の与党議員の恫喝報道からの切り抜きだった。

〈おまえのガキが顔ぐしゃぐしゃになって頭が脳みそ飛び出て車に轢き殺されても〉

〈そう思ってんならおなじこと言いつづけろ～〉


よく似た種類の毒と毒とを、蠱毒のように闘わせ、殺しあわせたいという意味を含ませたジョーク投稿は、直後にはかなりの好感を伴ってバイラルされた。


けれどそれだけで済むはずがなかった。

そこにはいくらでも隙があった。

たとえ抵抗のためでも、脅迫をそのまま引用するのは、暴力の再利用ではないのか。

子供を轢き殺されることは罰なのか。

亡くすことは、はじめから持てないことよりもはるかに絶望的なのではないか。

亡くした人間の絶望を、想像できないのではないか。

想像ができないのは、子供を育てるつもりのない男だからではないか。

想像ができないのは子供を育てるつもりのない男だからではないか、という偏見を新たに生んだことだけでも、このツイートは当事者にとっても十分に有毒といえるのではないか。

——いぶきの投稿には、そんな批難と攻撃が寄せられはじめた。反論は反論を生み、分岐して、いぶきとは関わりのない人たちの間でも、オンライン上の争いが点々と発生した。

いぶき本人は、そういった応酬にはまったく参加していない。

力のある存在から降りそそぐ憎悪が諦めとともに受けとめられる一方で、弱者であるべき人間が燃やしかえす憎悪にこそ人々が監視を強めることは、もうすでに珍しいことではなくなっていた。

いぶきもそのことをどこかで意識しているみたいで、例えば、

〈ANGER REFRACTS〉

怒りは屈折する。

秋の終わり頃、その一文とともに、いぶきは虹に塗《まみ》れていた。

写真の中はホテルの窓辺で、青く曇った空の底に、日が赤く燃えていた。

朝か夕方かもわからない。

ガラスのシャンデリアらしき物体は、プリズムになって太陽光を散らし、Vラインすれすれで切りとられたいぶきの裸体に、不完全な虹を大量にまぶしていた。

かすり傷のように赤く輝いた光の筋もあった。

痣《あざ》のように青く滲《にじ》んだ円形の反射光もあった。

いぶきにはそういう、あやうい気質があった。愛着を誘うことと、憎悪を唆《そそ》ることを、意識的にやっているのではないかというくらいに混ぜあわせるようなところがあった。

けれどいぶきは理解していないようだった。いぶきの誘いは、遠くにいる匿名の誰かだけでなく、肌に触れるほど近くにいる相手のことも、唆っていた。

そして冬がきて、その午後がやってきた。


14時。

私は〈ファイト・クラブ〉に到着した。その時刻にいぶきを誘っていた。


〈行くけど来る?〉〈14時とか〉12:00

〈うちくれば?笑〉12:19
〈他人いるほうがあがる笑〉12:20
適当な嘘をついた。地下に呼びだせればどんな嘘でもよかった。
〈わかった笑〉12:38
そこから新しいメッセージはまだなく、いぶきが到着している気配もなかった。
〈けっこう混んでる〉14:00
そう送って、到着したことを伝えた。

日曜の午後、ロッカーのあたりは満員寸前まで混んでいた。

男たちに大きな個体差はない。

似た世代、似た体格の男が集まって、わずかな肌の階調差や筋肉の優劣を引き立てあっていた。

会話は生まれない。

沈黙する男たちの頭上でトランスミュージックが響いていた。

店の電球はどれも青いガラスが使用されているらしく、すべてが青く照らされていた。
誰も踊らないし、不必要に微笑む必要もなかった。
男たちは静かに通路を回遊しながら、肌を使って必要最低限のコマンドを送りあった。

男Aが、すれ違いざまにBの指へ触れて〈やりたい〉。
男Bは、力を抜いたまま好きにさせて〈保留〉。
Aは、Bへ触れつづけて〈やりたい〉。
Bが、触れられた部分に力をこめて〈やりたい〉。
交渉の間、AとBが通路を塞いでいた。
通りかかったCが、ぶつかって〈邪魔〉。

Cは通路を進み、落ち着ける場所を探すと、腕組みして壁に寄りかかった。
Cの腕が、Dの肩に軽くぶつかって〈邪魔〉。
二人の皮膚はぶつかったまま、離れないで〈保留〉。

言葉を失った暗闇のなかで、憎悪はスムーズに愛着へ変化した。


〈１４：２２〉

壁に埋めこまれたデジタル表示の時計が光っていた。

どこかの部屋から、男の鳴き声が響いていた。

声もコマンドだった。

獣としての鳴き声と、コマンドとしての鳴き声は、なぜかすぐに判別できた。

壁の向こうにいる男の喉や肺の状態を、脳が聞こえてきた声からイメージしているのだと思う。


五人ほど入れる扉のない窪みがあった。

そのなかで三人の男たちが絡まっていた。

Ｅがしゃがんで、せわしなくＦのペニスを咥えていた。

だけどＦは、Ｇとキスをしていた。

Ｆと Ｇは、やがてキスだけでなく肩を抱きあった。

〈やりたい〉

〈やりたい〉

Eの目が届かない頭上で、二人はコマンドを送りあった。

Fは、股間に手を差しこんで、Eの頭をペニスから引き離した。

〈邪魔〉


ABCD……のどの役を誰がやってもおかしくなかった。

役を取りかえながら、青い男たちは回遊をつづけた。


14時40分、男たちの誰よりも暗い青色に輝くいぶきがやってきた。

〈30分遅れる〉14:15
そうメッセージが来てから、さらに30分近く遅れたのも予想通りだった。

まだ血に濡《ぬ》れていない、まっさらないぶきだった。

雨に濡れたジャケットを躊躇なく男たちの裸体にかすめながら、混んだロッカーゾーンを縫うように進んだ。


いぶきの自宅は徒歩圏内のタワーマンションだった。

シャワーを浴びてそのまま来たのか、髪が濡れていた。
〈浴びる?〉シャワーの方を指差すジェスチャーでたずねると、
〈もう浴びた〉と、いぶきは首を横に振って、服を脱いでいった。

いぶきに対する男たちの視線はいくつかに分けることができた。

いぶきの顔だけをずっと目で追っている男は、いぶきを〈知ってる〉。

いぶきの全身から注意深く情報を拾っていく男は、たぶん〈知らない〉。

〈知らない〉男たちが、誰でもないミックスルーツの男として、闇に佇んでいるだけのいぶきと〈やりたい〉のか〈興味ない〉のかは、判断が難しい。

間抜けづらをしている男は、おそらく〈興味ない〉。

見られているということを忘れている口元には、独特のゆるみがあった。


〈興味ない〉を超えてはっきりと嫌悪している男もいた。

そういう男はもう、整合性のあるコマンドを送らない。

ぱっと見には〈興味ない〉かのようにいぶきを目で避けながら、〈やりたい〉かのように身を引き締めてもいた。闘争心のようなものが、矛盾したコマンドを打たせているのだと思う。


その午後は、誰もいぶきに触らなかった。あえていぶきに触れるのは、属性に釣られる男しかいない。

外国人好きな男。

あるいはブラック好きな男。

あるいは有名人好きな男。

血は、どの男もおなじように赤いのだから、血に飢えているだけなら、いぶきである必要はなかったと思う。


私はいぶきの手を引いて個室に入った。

電気を消したままマットに倒れこんだ。肌は闇に溶け、いぶきの体からは目にみえない水が落ちてきた。色を失った水滴がどんな成分からできているのか、舌で味わった。キシリトールを溶かしこんだいぶきの唾液。クリームの甘い香料に、血のような塩気の混ざった汗。そしてその塩気を高濃度に圧縮して、潮の香りになる寸前で動物性に転換させたような精液の味。私の汗も混じっているはずだった。

個室はやがて、蒸しあがったように湿度を上げていった。

「あんまり人のこと褒めないけど、やっぱりおまえのこれが最高」

セックスのあとで横になったまま脱力していると、私のペニスをいぶきが摑んで言った。

「硬くてデカいから」

「硬くてデカいバイブ買えばいいじゃん」

「バイブは脈打たないじゃん」

私の嫌味に気づいていないのか、いぶきはそう呟いて、私のペニスを握る手に力をこめた。

私は天井を眺めた。

埃をまとったコンクリートの天井を、何かのチューブが窮屈そうに這っていた。腕ぐらいの太さがあるそのチューブは、張り巡らされたダクトに沿って無理に曲げられ、カーブの部分はラバーが破れていた。

裂け目から、赤と青の筋のようなコードが数本のぞいて、金属疲労を起こしてちぎれたいくつかは、綻《ほころ》びた針金をちくちくと毛羽だてていた。

内側の組織を解きほぐすように、いぶきは私のペニスを触りつづけた。

今はもう萎えきって、乾きつつある精液がはりついたペニスにいつまでも触れていた。指の動きに従って、内部が炎症を起こしているみたいに痛んだ。

私は膝を立てるふりをしていぶきの手を引きはがした。

不自然な沈黙ができて、いぶきが何かのきっかけを見計らっていたことがわかった。

「前に相談したやつ、考えてみた？」いぶきが聞いた。

「考えた」私は答えた。

まえにいぶきから、一緒にチャンネルをやらないかと持ちかけられていた。

「俺みたいなのでもすごく人気だから、二人でやったら絶対人気出ると思う」というのがいぶきのビジョンらしかった。

みんなとにかくカップルが好きなんだと、いぶきはそこにはいない誰かに照準をあわせるような目をして説明した。

いぶきの家に行くことを断ったのは、撮影をする流れになる気がしたからだった。

私はなぜかいぶきとの関係を〈ファイト・クラブ〉から地上へ進めることに、迷いがあった。


「俺は、やっぱりまだいいかな」

私はそう答えてから唾を飲んだ。ガラスを踏みしめるような音が鼓膜の奥で鳴った。沈黙のせいで体内の音がよく聞こえていた。

「ま、仕事もあるしね」いぶきは跳ねるように言った。

「うん、仕事もあるし」

「ためらいとかもね」

「ためらい?」

「普通の思考回路だと思うよ」

「いぶきも、そういうのあった?」

うん、と言いかけた途中でうーん、に変えるように、いぶきは唸った。肯定しかけてから、ステートメントとしての否定を選びなおすようなその唸りが、前からずっと嫌いだった。

「まあでも恥ってさ、結局幻想じゃん。本物の痛みとかに比べれば、やっぱり上品な感じはあるよね」

「本物の痛み？」

「うん」

「経験あるの？」

「ある」

「本物の痛みが？」

「うん」と言ったきり、いぶきは黙った。

〈終わり？〉とたずねる代わりに首を横に向けると、目の前にいぶきの耳があった。


いぶきの耳は、典型的な柔道耳だった。

なんの格闘技かはわからなかった。

子供がこねた粘土のように、極端に単純な凹凸だけが残っていた。


「俺も暴力に比べたら恥ずかしさなんてどうってことないと思うよ」

いぶきが話す前に、私は話しはじめた。

「部活も結構ハードだったし、あのときの痛みに比べれば、普段感じる程度の恥ずかしさなんてどうでもないと思うよ。球技系ばっかだったけど、水飲むの禁止だったから、水飲むのは禁止なのにかけ声を叫ばなきゃいけなくて、冬だと乾燥で血を吐いたり、あとはスパイクがぶつかって顎がめくれたりとか。

今はもう傷も目立たないけど、真っ白な骨がみえて、血がそれまでみた血の色と全然違ってたのとかも覚えてる。青いんだよね、大怪我したときの血って。赤いんだけど、青味がかってて……周りでも怪我するやつが多くて、休憩中は水道の蛇口を上向きにして飲んで、そのままになってる蛇口の上になんかの拍子に転んじゃって、お尻の肉を蛇口に削りとられちゃった奴もいた。それはスポーツっていうか、普通に馬鹿騒ぎの結果なんだけど。

上に向いた蛇口にすりきりいっぱい肉片が詰まって、ギラギラに光ってるのをみたときはまじで失神しそうになって、今でも公園とかにある、石でできた水道を直視できないんだよね」

話しだすと止まらずに、なぜか経験してきたかぎりの血や肉を、半笑いでいぶきに伝えていた。

いぶきは、ああ、とか、へえ、とか、曖昧に相槌をうっていた。

怒りは屈折する。屈折するのに時間がかかる。

最後の会話のときも、私は時間をかけすぎた。怒りを整理して伝えるよりずっと速く、汗が体を冷やしていった。

熱気で結露しかけた個室から、私たちは出ていった。

壁に埋めこまれたデジタル時計は〈1 5：1 5〉。

単純な数列で自然と記憶に残った。

別々にシャワーを浴び、しばらく回遊しているうちに、いぶきの姿はみえなくなった。帰ったのかと気にしないでいると、またいぶきの姿をみかけた。

15メートルほどまっすぐに伸びた通路の端と端に、私といぶきは立っていた。

私たちの間にはたくさんの男たちが行き交い、いくつもの顔や肩に遮られながら、いぶきのことを眺めていた。

いぶきがもたれかかっているところは、剝きだしのコンクリートだった。

店内に仮設されている艶々《つやつや》した壁ではなく、建物そのものの、本物の壁だった。

闇のなかでもコンクリートはほのかに明るく、ほんのわずかな階調差でいぶきの肌を暗く沈ませた。

いぶきの横顔は、こっちに気づいていないようだった。彫りのしっかりした眉間が、目元にサングラス型の影を落としていた。そのせいでいつも輝いている瞳の印象が異様に薄く、上に向かってカールした睫毛だけがときどき小さく震えた。その美しい横顔を、いぶき自身は肉眼でみたことがないのだと思うと、それがすごく勿体ないことのように感じた。

ぱちん、と機敏な虫のようにいぶきの睫毛が動いた。
闇の中の何かを、瞳が追っているようだった。
蠢《うごめ》いて、いぶきへ向かって伸びてきたそれは、予想どおり誰かの腕だった。
腕はゆっくりといぶきの脇腹に触れて〈やりたい〉とコマンドを送った。
いぶきはそれを〈保留〉した。
腕の持ち主が闇から現れた。
男はいぶきに近づき、二つの横顔が向かいあった。
向かいあった、ということは、二人の身長はおなじくらいだったのだと思う。
いぶきの肌色はシルエットのように沈み、男の肌色は柔らかく浮かびあがった。
ちょうど人間の平均ぐらいの明度をもったコンクリートが、二人の肌の明暗をはっきりと分離した。

旅行で来ている韓国人や台湾人の可能性もあったけど、確率的に考えてもあの男は日本人だった。

はじめてみる感じがそこまでしないのは、まえに〈ファイト・クラブ〉でみかけたことがあるせいか、数時間前から視界に入っていたせいかわからなかった。


男がどんな顔をしていたのか、言葉にするのは難しい。

盛りあがった眉骨のうえに、丸い艶が滑っていた。

目は窪んで陰っていた。

前髪はなかった。

思いだせることはすべて、光の加減や身嗜みでどうにでもなる一時的な特徴ばかりだった。


男はかがんで、いぶきの胸に顔を寄せた。

くちばしで獲物の生死を探るように、高くも低くもない鼻先を上下させた。

その積極的なオーラに圧されるふうに、いぶきはのけぞろうとしたけれど、壁がストッパーになって、ほとんど身動きが取れなかった。本当に動けないのではなく、動けない状況を擬似的に表現しているだけのようだった。

男が鼻を、いぶきの胸に埋めた。

その下で唇が裂け、歯とともに埋まった。咀嚼するように顎が動いて、とうとう我慢できなくなったようにいぶきが男を押した。

拒絶ではなく、部屋に〈入れ〉とうながす手つきだった。

スローモーションの映像が等倍速に戻るように、二人は速やかに個室へ消えた。


通路には男たちが行き交いつづけていた。

いぶきのいなくなった場所もすぐに別の男で埋まった。

新しくそこへやってきた男はアジア人の顔立ちだけど、どちらかといえば明るい肌で、いぶきの残像を塗りかえた。

じっとしているのに飽きて、私はその男を個室に誘った。

セックスが終わって、抱きあったまま目をつぶり、目覚めると男を抱きしめている感触が消えていた。

しばらくしてマットの底から不揃いな足音が響いた。

軽い地震でもあったのかと目をこすった。


16時30分。

血まみれになったいぶきが誰かに発見された。

その知らせを聞いた従業員がすぐに救急と警察へ連絡しているうちに、客の男たちは帰る準備をはじめたようだった。彼らがロッカーへ避難し、がらんどうになった通路は異様に静かだった。


最後にいぶきが入っていった個室に、脚がのびていた。

半開きになったスライド式の扉の隙間から、横たわった二本の脚がのぞいていた。

天井からぶら下がった電球がわずかに揺れ、内部の真っ暗な壁に鈍いグラデーションを揺らしていた。

床に敷かれているフェイクレザーマットの表面にも、光の球がきらきらと反射していた。まるで水面に映ったような輝きかたで、一面が濡れているのだとわかった。

一歩ずつ個室に近寄るごとに、入口からみえる脚の部位が推移していった。ふくらはぎから足首へ向かうまでの、私が名前を知らない部位が普通の日本人よりずっと長かった。

扉の前まで近づくと、踵がみえた。骨ばった踵がマットに柔らかくめりこみ、そこからまっすぐ伸びた先に、爪が光っていた。

感電したみたいな姿だった。

足を踏み入れずに、頭だけのぞきこんだ。

水浸しのマットに映った電球も、私の動きにあわせて逃げていった。

フェイクレザーの大きな皺に沿って、光の反射があとかたもなく分裂すると、真っ暗な水溜まりを走り、踊るように歪みながら、光の球はマットを越えていぶきの脚に映った。

マットとおなじように、いぶきの体も濡れていた。

剝きだしになったいぶきの太腿に、まだらな艶が這っていた。

マットの上を浸しているものが水でないことは、すぐに察知できた。

いぶきの肌を冒瀆《ぼうとく》するように、いぶき自身の血や糞が表面を覆っていた。

アナルセックスの最中に粘膜が切れることは普通にあるし、腸が刺激され、消化中の便が少量だけ付着することも当然ある。血も糞も、セックスとそう遠くはないのだから、匂い自体には慣れていたはずなのに、その濃度が異常で、涙が反射的に滲んだ。

血の匂いと糞の匂いでは、糞の匂いのほうがきついのかと思えるけどそうではなくて、二つはそもそもすごく似ているのだと、神経へ教えこまれているようだった。

近づいていくうちに、その匂いはさらにきつくなっていた。

いぶき自体が汚いものであるように錯覚した。

その体を抱えることを諦めた。

直前まで触れあっていたのに、あっけなかった。


意識はなく、生きているのか死んでいるのかわからない状態のいぶきは、なぜか上半身にたくさんのティッシュをまとっていた。

個室を使った男たちがゴミ箱へ山盛りに捨てていった、唾液や精液やローションを拭きとったあとのティッシュの塊が、ただ上からばら撒かれたというのではなく、いぶきの体へ執拗に貼りつけられていた。

皺くちゃに丸められたティッシュがぽんぽんと盛りつけられている様子は、どこかお遊戯会や祝祭めいて、そこに笑っている人間は誰もいないのに、その物体はなぜか全体として笑っているような表情をしてみえた。

本当に、誰かの喜びが表現されているのかもしれなかった。

誰かではなく、誰かたちである可能性も考慮に入れるべきなのかもしれなかった。

二十人以上の客がいて、いぶきのそばで打ちのめされている男は、私の他に誰もいなかった。

いったい何人分のティッシュなのか、想像すると気持ち悪くなった。


震える指でつまんで、いぶきにまとわりついているティッシュを剝がしていった。血がティッシュを吸いよせているせいで、剝がすと一部が破れて、半透明の薄い繊維がいぶきの肌に残った。

顔からも剝がしていった。

ようやく現れた頰へ、ティッシュの皺が血によって転写されていた。皺だらけのシーツに、ずっと顔を押しつけて眠っているような跡だった。

鼻先に指をかざすと、熱い空気に包まれたような気がした。集中してみても、それは再びおとずれなかった。かすかな息なのか、それとも冷えていく人体から逃げていく熱気のようなものだったのかはわからないままだった。

ティッシュの塊は、肌に盛りつけられているだけではなかった。膨らんだ唇のあいだや、脇の下にも挟まっていたし、尻の割れ目にも周到にねじこまれていた。

遺体が発見されたときのＤＮＡ型鑑定を惑わせるためなのかもしれないと、あとになって考えたことがあったけど、そのときはただ用途を超えた不気味さに圧倒された。

首元のあたりは血でぬかるんでいた。どこからか流れる血液が何かの加減で首元に溜まったのか、それとも首そのものが大きく裂けているのかもよくわからなかった。

血に浸り、繊維が溶けはじめたティッシュは泥のようにまとまり、一つずつを摑みとれる状態ではなくなっていた。

なるべく皮膚を刺激しないように、血に溶けた繊維を摑むと、力をこめた指先のあいだでぱちぱちと気泡が潰れた。

やがて胸のあたりがみえてくると、私がさっきまで触れていたいぶきの肌はもう残っていなかった。

腕にも胸にも、何本もの線が走って、浅く、深く、皮膚を割っていた。模様のような傷は、剝がしていくうちに文字の列を刻んでいるのがわかった。

脇腹から腰の付け根まで一行で刻まれたその文字は、一画ずつ定規で引いたみたいに整って、やけに読みやすかった。

これだけの傷であれば切りつけるときに必ず発生するはずの、叫び声や抵抗の衝撃音が聞こえなかったことからして、眠らせてから刻みこんだようだった。おそらくは注射器を使用しているはずだったけれど、ただでさえ血に塗れた体から注射の針穴を確認することは不可能に近かった。ここはバーやクラブではないから、何かを飲ませるより注入するほうが現実的なはずだった。

犯行をスムーズに行うための合理性だけではなく、いぶきを恐れていたことも、睡眠薬を注入する理由だったのだと思う。

いぶきの肌の色をべつのものに擬《なぞら》えたその言葉も、もしもいぶきであれば即座に言いかえすことができるような、子供じみた侮辱だった。

肌の色を、おなじ色の何かに結びつけて揶揄する方法は、どこの国のどの言語にも存在するし、どの人種に対しても存在する。色と物質にはほとんど相関性はなく、侮辱としての合理性がないと、何かで読んだことがあった。

私は傷ではなく傷の奥にあるいぶきの肌にだけ焦点を合わせようとした。血に濡れ、ちいさな艶を無数に浮かべた肌は、闇のなかでブラックホールのように沈んでいたけど、そこには色が眠っているはずだった。私は死んでいるいぶきの、あるいは生きているかもしれないいぶきの肌すれすれに、探知機のように手のひらをかざして、そこに眠っている色を思い起こした。青い光を取りはらった、夜や、瞳や、夏の残照のようだったはずの本来の色を、思いだせる限りイメージした。

刻まれた文字を目で追って、もう一度頭から読み返しているうち、それは新たに滲んできた血によって判読できなくなっていった。

壁ぎわに追いやられた右腕がみるからに窮屈そうで、どうしても負担を逃してあげたくなった。

私はいぶきの腕を握って、すこし強引に引きあげた。

固まりかけ、粘りを持っているようにみえた血液は、触れてみると意外なほどに溢れた。

ナイフがべつのものに擬えたいぶきの肌を、血はなみなみと伝った。

血の筋はそのままの鮮やかさで私の腕まで這ってきた。肘に向かって熱い違和感が一筋に伸びていった。

握っていた腕を横たえて、ごつごつした手首から最後の指を浮かせると、私の指紋が粘りのある血の膜に残った。

表面張力で盛りあがった血液が、ゆっくりとその丸い穴を絞っていった。

どのくらいそれを眺めていたのか、血液が指の跡を完全に閉じきったのをみていると、ふいにいぶきの指先が動いたような気がした。

本当に動いたのかはわからない。

〈ファイト・クラブ〉の暗闇のなかでは、まるでシャッタースピードが落ちたように残像が実像に混ざってみえることがあって、そのときのいぶきの指の動きも、ただ動くのとは少し違う、二枚の静止画が滲みながら切り替わっていくような感じに近かった。

目の錯覚である可能性がほとんどと考えておかしくないうえで、もしかしたら、いぶきの睡眠が浅くなりはじめているのかもしれなかった。

閉じられたまぶたもおなじように動きだすだろうかという予感がして、私は逃げるように立ちあがり、犯人を探しに通路を逆行した。

ロッカーでは、男たちが急いで服を着ていた。起床時間の軍隊にも似た、事情を知らない者には滑稽にも映ってしまう種類の速さだった。

一人の男が血のついた私の腕をみた。別の男とも目があった。一瞬だけ表情を動かしてから、すぐに感情を殺して着衣競争へ戻っていった。

はじめから全く気づいていないように没頭している男もいた。そんなものだろうとわかりきった通りの反応が、目の前でそのまま現れた。

ロッカーが軋み、シャツのボタンを誰かの爪が弾いた。入口の方からは革靴を履くときのトントンという音が響いた。

音楽はすでに止められ、そのせいで普段は聞こえていなかった物音たちが、あちこちで狂った秒針のように男たちを追い立てた。

そのすべての騒がしさが、そこに紛れているはずの犯人を匿《かくま》った。

シャワーとトイレの方でも、男たちが順番を待って苛《いら》だつ気配があった。洗面台の水が管を伝い、空気を吐き出す音が聞こえた。なにか大切な証拠が、一緒に流されているように感じた。

洗面台の方から戻ってきた男は、両手を透明の水滴で汚していた。

その頃にはもうほとんどの男たちが服を着ていた。

青いライトに照らされてよく似通った肌たちは、よく似通った服に包まれていた。

ロッカーからジーンズが引っ張られた。

スーツの生地が、宙を波打ってから男の肩に落ちた。

ダウンジャケットの表面を、雨水かなにかの水滴がぽろぽろと震えながら落ちていった。

高級な服も安い服も、みんな一様に青味がかっていた。青い地下のなかでも、その青さは特別だった。

男たちの裸体が、汗や湯気をまとって青いライトを照りかえしていたのに比べて、繊維そのものがはじめから青く染められている衣類は、さらに異質なほど鮮やかだった。

少しのためらいもなく青くなっていく男たちと私とは、決定的に立場が違う、と自分を説得するように、いぶきの血や糞を拭かないまま服を着ていった。

ワイシャツに血が滲んだけど、ジャケットを着るとすべて隠れた。

青い群れは、出口に向かって流れながら、だんだんと減っていった。裸のときには旺盛に動きまわっていたはずなのに、服を着ると別の存在に生まれ変わったように静まって順番を守りながら退店していく様子が、私にはむしろ恐ろしかった。

マジックミラーの受付に、タオルが積みあがっていた。従業員を待たずに、男たちが返却していったタオルの山だった。タオルに混じって、おなじく返却されていったロッカーの鍵がいくつも埋もれていた。

ねじれたゴムの輪や格納スペースからはみだした鍵と一緒に、〈11〉〈2…〉〈…3〉

といった番号がみえた。

夕暮れを飛び去っていく鳥のように、男たちは地上へ逃げていったはずだった。私が最後の一人で、地下に残っているのは従業員の男と、いぶきだけだった。コンクリートでできた暗い階段を上がり、ステンレスに縁どられたガラスの扉を押すと、指紋がうっすらと浮かびあがった。

雨があがったばかりのアスファルトを、赤い信号機が照らしていた。警察や救急はまだ到着していないようだった。

〈ファイト・クラブ〉は三叉路の突きあたりにあって、駅へつづく坂と、高架を潜って渋谷方面へつづく国道と、狭くて暗い一方通行とに分かれていた。

犯人の男はどの方向に逃げていったのか、私には想像もつかなかった。

私は三つの道を一つずつみて、流れる人の数や、なんとなくの雰囲気を感じとろうとした。

ちょうど坂をおりてきた青いスーツと赤いコートの二人組にぶつかった。

どっちが悪いわけでもないけど、どちらかといえば私のほうが悪かった。なんの変哲もない会釈を交わし、いつものように駅へ進みだしたとき、さっきまで自分を押し流していた焦りのようなものが確実に冷えはじめているのがわかった。

地上はいつもどおりの夕暮れで、日曜日のわりにはどこか人も多く、賑わっていた。今日は祝日で、明日はクリスマスイブだと思いだした。私が抱えている熱はこの場に持ちこまれるべきではないと、私に判断されたのかもしれなかった。

駅に向かって一本の坂がのびていた。

坂の下から上まで点々と並んだ男たちは、まるで一人の男が闇に溶けていく過程を図に起こしたようにそっくりだった。遠くなるほど小さく、小さくなるほど暗く、誰が誰なのかをピンポイントで見分けることなんてできないほどによく似ていた。

一人ずつ追い越して顔を確認していくしかないと決めて、私は坂をのぼった。うつむくと、速足に歩いていく私の体は、革靴からジャケットまで、先にいるどの男とも変わらず、青を基調にしたスーツに覆われていた。

一人目に追い越した男をこっそり振りかえると、見覚えのない顔だった。

二人目の横顔をみただけでは、さっき店にいた顔だと気づかなかった。目があった瞬間、男自身も制御できない緊張で、頬がぴくりと痙攣した。何かを隠している男の反射にみえて、地下から逃げるのは、きっとこういう男だと、その顔を思いだした。

三人目も店にいた男だったけれど、もうすべてを忘れきったみたいな表情で、私にも気づいていないようだった。その眠そうな瞳が、私は心の奥底で羨ましくなった。逃げることからすら、こんなに早々とおりる男のことが羨ましかった。

その背後で、二人目の男がこっちをみていた。噛みきれない肉を飲みこもうとするように顎をみしみしと揺らしていた。醜いものを正視するときの表情にみえた。


私は変わらず、男たちの顔を振りかえっていった。

四人目、五人目も見覚えはなかった。

六人目は女と一緒だった。

七人目も八人目もおなじように女と二人組で、駅に近づいていくにつれて女と歩いている男ばかりになっていった。

もう人数を数えるのをやめたころ、一人きりの男と目があった。

耳や顎のエッジに、どこかの車から射してくる赤い光が輪郭を作っていた。

赤い光は、鼻の脇にある小さな縫い傷のことも淡く照らした。

その傷を〈ファイト・クラブ〉でもみた。急に思いだした。

はじめに地下で目にしたときにはまったく意識にのぼらなかったはずなのに、もう一度目にしたときにはしっかり記憶と符合する感覚には独特な気持ち悪さがあって、心臓がきつくなった。

でも、それは何も関係がなかった。

鼻に小さな傷のある男を二回みかけたというだけの、どうでもいい出来事だった。

そもそも男は、いぶきよりも、そして最後にいぶきと消えたあの男よりも、ずっと小柄だった。

私もまた、電柱の防犯カメラとおなじように無能になっていた。

男を照らした車は、赤い残像を光らせて坂をのぼっていった。

ふいに、あの血と糞の匂いがした。

誰かに尾行されていることに気づくように、匂いがよみがえった。

さっき地上に出てからぶつかった人に謝ったとき、いつもの癖で口元を覆ったかもしれない。自分の目からはみえていないだけで、鼻先にも汚れが付着しているのだろうかと、ジャケットの袖で鼻を拭いた。それでもまだ、息を吸うたびに匂いが残っている感じがしていた。

両手をみても、血は乾いてしまったのか、肌と一体化して感触すらなかった。日はすでに沈み、空にはうっすらと青さが残っているだけだった。街路樹の青い影にのまれて、手も、血も、服も、よくみえなかった。

坂をのぼるうちに匂いは風に溶け、嗅覚は冷気で麻痺していった。


駅の直前にまたがっている巨大な踏切に、人が溜まっていた。

地下鉄を含めて、十種類近くの線が交わる巨大な駅だった。

その踏切は四車線を束ねて、一度サイレンが鳴りはじめると十分近く開かないこともよくあった。

轟音で急行が通過していった。

次こそ踏切が開くかという人々の気配を裏切って、また逆の矢印が光った。

自分自身の苛だちをあやすように、いくつもの人影がよろよろと揺れた。

クリスマスが近づくと、ここで踏切を待っている人たちがみんな赤と青の服を着ていることがあるらしい。

一人一人をみているときは全く気にならないのに、全体として集まってみると男の服はどれも青く、女の服はどこか赤く、まるでトイレの標識のような格好の男女が、誰かとともに、あるいは誰かのところへ向かうために開かずの踏切に足止めをくらう。

普段は男女による色の違いはそこまで極端ではないのに、クリスマスだけはそれがはっきりとよみがえって、矢印が赤く光るたび、機械人形のようにみんながそっちに顔を向ける。

嘘のようなその景色のことを、私に教えてくれたのはいぶきだった。


何本かの電車が通過しても、踏切は開かなかった。

踏切の向こうにもおなじくらいの男女がひしめいていた。

自分だけが映らない、巨大な鏡を眺めているようだった。

私はだんだんと焦りはじめた。

こっちの岸の先頭に立つ、一人の男が目に映った。

人間の身長というのは不思議なもので、距離が遠いだけでどのくらいなのかがわからなかった。

それでも男は周りの人よりも頭ひとつほど身長が高く、もしかするといぶきと同じくらいな気がした。

左から右へ電車が通過し、人々が右を向いた。

男もおなじように右をみていた。

斜め後ろから眺める横顔には、鼻もなく、眼球もなく、頭骸骨そのものの凹凸だけが存在感を残していた。

頭上で赤いランプが点滅しつづけていた。

ランプは私たち全員に降りそそぎ、隣で赤いダッフルコートがぼんやりと膨張するように発光した。それを着た誰かが、ひそかに私から離れていった。

一瞬だけ目で追うと、鼻に指をかざしているようだった。

立ち止まっていると血と糞の匂いは微かなものではなく、はっきりと嗅覚に障りはじめていた。

匂いに違和感を覚えているのは一人だけではなく、周囲の何人かが、漠然とその場から逃れはじめた。私が匂いの発生源であることには気づかない様子のまま、けれどゆっくりと正体のわからない異臭から距離をとって、その動きがもっと広い範囲へも波及した。

避けられるたび、次々に動いていく隙間に進んだ。

ランダムに集まっているはずの人混みにもなんとなく層のようなものがあって、観客席のように少しずつずれた横並びの列になっているのがわかってきた。

法則がわかれば、隙間をぬっていくのは難しくなかった。

男との距離を縮めていった。

サイレンが止むまえに、後ろまでたどり着いた。


行儀のいい後ろ姿の向こうにどんな顔がついているのかを想像していると、そのみえない顔を、なぜかよく知っているような感覚があった。滑らかに伸びた首から、はっきりと分離した顎のエラのことも、指が覚えていた。

点滅する赤い光に、男が浮かびあがっては消えた。

後頭部が、消え、赤い耳が、消え、赤い目と、目があった。

さっきまで抱いていた緊張が、一気に褪《あ》せていった。

ついさっき地下で一緒に個室へ入った男だった。

たしかに一度は親密になったのに、こんな短時間でその存在をまったく忘れてしまえる脳が恐ろしかった。


けれどもし結果がわかっていても、私は男に接近していたと思う。

その夜のなかでひとつでも、何か自分が知っている具体的な手触りを探していた。

丸みをおびた幼い印象の瞳が、私を確認した途端に引き締まった。

片方を赤く照らされ、もう片方を青く陰らせた二つの目は、どちらが目尻でどちらが目頭でもおかしくないほど極度に均整のとれた細さで、左右の瞳に一つずつ、赤い粒を点滅させながらこっちを向いていた。私が次に何をするのか見守っているようにも、見張っているようにもみえる目だった。

本心のみえない相手とみつめあったときに誰もがそうするように、私は目を逸らした。

一つもコマンドを送りあうことなく、私たちは電車を待った。

サイレンが止むと、人々はようやく動きだせることを喜ぶような足どりで交差し、無数の男女が先を急いでいった。

追っている対象がわからなくなって、追いかけることは逃げることと同等に成りさがった。


12月25日。

翌々日の火曜日、私は通常どおりの時刻に出勤した。

その一帯にあるビル群はどれも、バブルより昔に建てられた。だからガラスの透明感よりも、石の堅さのほうが印象に入ってくる。

晴れた青空を、貼りあわされた窓ガラスが規則正しく刻んでいた。

〈都内の風俗店で客の男性が腹部などを切りつけられ重傷。犯人の男は逃走。警視庁は詳しい状況や経緯を調べて傷害容疑で捜査〉

ネットニュースには小さな記事が掲載されていた。

私は爆弾でも持ちこむような気持ちで回転式のガラス扉に滑りこみ、ゲートに社員証をかざして24Fのボタンを押した。エレベーターを降りたら受付をくぐって、次にべつのエレベーターへ乗り換え、26Fのオフィス階に到着した。

職場の人にはカミングアウトしていない。

信用できない相手に対して個人的なことを明かさないのは誰でもやっている生存戦略のはずだと割り切っていた。その消極的な選択が、さらに大きなリスクを呼び寄せているなんて考えてもみなかった。

12月23日の事件について私が秘密にしている内容は、私の信頼をどのくらい損なうだろう。純粋なカミングアウトに比べて、それはどのくらいだろう。何度もそんな考えがよぎったけど、純粋なカミングアウトという言葉そのものが、すでに私とは関係がなかった。はじめからそんなものを望んだことはなかった。

8時45分。

始業時刻の15分前には社員たちがデスクに揃い、それぞれにスケジュールやメールの確認、オンライン会議の準備を進めているのがいつもの流れだった。

突然、誰かの話し声が響いた。

生身の人間らしい質感を失った、機械ごしの声だった。

「……たら急に……さんから連絡あって、実は私も来週から産休なんですぅ〜みたいな、いやいや入ってくんなよ……きねえじゃんみたいな……」

オンライン会議がはじまるまえの取引先の雑談が、スピーカーの設定ミスで漏れているみたいだった。

音を発生させている社員は、パソコンの向こうで行われている会話にも、こちら側にいる私たちに対してもほとんど動揺をみせずに、イスから腰を浮かせてパソコンの裏をのぞきこんだ。ものすごくつまらなそうな顔のままイヤフォンを何度か抜いたり挿したりして、すぐに音漏れは遮断された。


10時30分。

内線電話の赤いランプがデスクのあちこちで弱々しく点滅した。

受付でもないオフィス内で鳴る電話はほとんどがくだらない内容で、誰もが無視しつづけた。

私は自分のパソコン画面から目を離さず、視界のすみで、赤い点滅が消えるのを願っていた。

12時。

オフィスを出ると廊下に小さな人だかりができていた。

26Fの廊下は壁が透明だから、「中庭」と呼ばれている24Fの受付フロアが見下ろせる。

普段なら、わざわざ受付を眺めたい人なんて誰もいない。

まえに「中庭」を眺める行列ができたのは、会社がテレビで特集されることになり、当時人気だったアナウンサーが受付で収録を行っていたときだった。

誰かめずらしい、あるいはふさわしくない客がやってきていることは明らかで、私は存在感を消しながら様子をうかがった。

数人の後頭部ごしに「中庭」がみえた。

小さな景色のなかで、トナカイの着ぐるみがコーヒーを淹れていた。

トナカイの近くでは、サンタクロースのコスプレをした女たちがいて、お揃いの赤い三角帽と、指先がかろうじてのぞいたオーバーサイズの赤いラメニットやロングスカートがくるくると動き回っていた。

これからエレベーターに向かう社員、そしてエレベーターから吐きだされてくる社員たちが足をとめるたび、両手に握っているフタ付きの紙カップをかざした。笑いを誘おうとする口ぶりが、ガラス越しに響いてきた。

「クリスマスにご出勤お疲れ様です」


「おまえもな」

こっちの階で誰かがそうつぶやくと、みんなで笑った。

「キャンペーン？」

「たぶん」

「貰っとこっか」

「ですね」

「いる？」

「頼むわ」

「いる？」

「僕は大丈夫」私は、少し迷ってから答えた。

「そっか」

「コーヒー飲んだ後の感じが、嫌な予感してるみたいな感じしない？」

「え？」

「カフェインが胃に与える刺激が、嫌な予感がしてるときの感覚に似てないかな」

「大丈夫？」

ぽかんとした顔で同僚が私の方をみていた。

「どうして？」私は笑いながら聞き返した。

「急にそんな目みて話すから、様子どうしたと思って」

「何もない」

「へえ」

「何もないよ」

目の前の男と、特に親しいわけではなかった。それでも何か普段と様子が違っているのかと緊張が走った。

「ノンプレイヤーキャラクターも調子悪い日ぐらいあるよ」

「列できはじめてる」

「急ぐか」

同僚たちは特に気にする様子もなく、去っていった。

私は曖昧に笑い返して、すぐにトイレへ逃げた。

ノンプレイヤーキャラクター。

冗談交じりにそう呼ばれることがあった。

人間がプレイしていない、自動で動いているキャラクター。

人の形をしてはいるけど、人の行動をなぞっているだけの空っぽの存在。

最初に私のことをそう呼んだのは、空気が読めない変人として有名な上司だった。


入社して四ヶ月くらいの日曜日、私はいまと全くおなじデスクで、いまだったら簡単にこなせる資料準備に手こずっていた。本当に手こずっているというより、ただ時間いっぱいに粘ることで自分のなかの安心のようなものを稼ごうとしていた。

会社にはほとんど誰もいなかったけど、ただひとグループ、その上司たちだけが作業していた。

休日まで残業をする社員は珍しく、何かトラブルがあってのことだと想像できた。

「殺す」

「まじこいつクソ」

取引先との電話を切ってから即座に大声で悪態をつくことしか娯楽が残っていない

上司たちは、やがてそれにも飽きて、遠くに座っている私に話しかけた。

「いつも日曜までやってんの？」

広いオフィスの端から端までを、その上司は声を張ることで埋めた。

「休日出勤代つくんで」

「辛くない？」

「楽しいですよ」

「ノンプレイヤーキャラクターじゃん」

「そうですかね」私は曖昧に返した。

「意味わかってるの？」

「わかんないです」

「シューティングゲームとかやらないの？」

「やったことないですね」

「やらなそうだよね。無駄な時間ですっ、って顔してるもんなー」

私の反応のなにが面白かったのか、そのあとも色々聞いてきた。

「何して遊ぶの」

「人生楽しいの」

「彼女いるの」

「ゲイだって噂あるけど」心臓が鳴った。

「普通ですよ」

普通ですよってなんだよ。自分で言っておいて鼻から笑いが漏れた。

ゲイじゃなくて普通《ノンケ》ですよ、という意味にも、ゲイだけどそんなことは普通ですよという意味にもとれるその言い方を、私はなんとなくいいなと思った。

「ごめんね色々聞いて。俺もっと仲良くなりたいタイプだからさ、もっと下からグイグイきて欲しいわけよ」

「のちほどー」

私はパソコンに顔を隠して、頭上で手を振った。

少人数にしては大きな笑いが起こった。

「来期からうちのチーム来る？　おまえの作業退屈でしょ」

結局、私がその上司のチームに入る話は心配するまでもないくらいあっけなく風化し、誰から広まったのかノンプレイヤーキャラクターというキャラ付けだけが残った。

普通なら、馬鹿にされていると考えるのが妥当だとわかっている。

けれど私の職場では、そういう人間らしさの欠如がそのまま仕事への適性として優遇されるような雰囲気があって、必ずしも馬鹿にされているだけとは感じなかった。ちょうど「サイコパス」や「アスペルガー」といった言葉が流通しはじめた時期でもあった。

著名な経営者やタレントがただ好き勝手に振舞うための免罪符としてそれを騙ったりすることが世間でもありふれていた。

私の場合もあだ名のように頻繁にそう呼ばれるわけではなく、何かそれらしい特性が出たときに、血液型や星座に性格を結びつけるのとおなじ調子で「こいつはノンプレイヤーキャラクターだから」と言われる程度のことだった。

それでも、その設定は私をマネキンでいさせてくれた。

設定が心臓を隠した。

設定がペニスを埋めた。

設定が顔を潰した。

その設定は私を会社に順応させていた。

おとといの事件のことが会社に伝わってその設定を崩されることは、想像しただけでも憂鬱だった。

13時まで、私はトイレの個室で検索をつづけた。

事件について、この数日間に何度も調べたことを調べ直した。

ニュースサイトを眺めても事件についての新しい記事は見当たらず、ＳＮＳのツイートをキーワード検索しても、〈一部のゲイが全体にかける迷惑〉についてと、それに対する応酬、噂の域を出ないつぶやき、そして、いぶきを被害者だと匂わせるような複数の推測がいくつか現れているだけだった。

いぶきについての憶測は、複数の又聞きと、その又聞きのツイートへのリアクションがほとんどで、具体的にあの場にいたと確定できる人は現れなかった。

いぶきの名前と不確かな情報だけが、少ないライクボタンを伴って弱々しく拡散していた。

年齢は26歳。

身長は１８８センチ。体重は80キロ前後。

誕生日は１月24日前後。

五年前の写真に写っている景色は福生市内。

父親がアフリカ系アメリカ人で、だから多分軍人。

母親が日本人。

最後に残した言葉は〈怒りは屈折する〉の英訳。

恨まれて当然。

ホモがホモを虐殺なんて、不都合な真実もいいところ。

——いぶき本人は、もちろんそれらの応酬に参加していない。


だから、帰りにその病院を選んだのは勘だった。

〈ファイト・クラブ〉からいちばん近くにあって日曜の救急外来を受け付けているのは、車で10分程度の距離にある大学病院だった。青く透けたガラスの外観はどことなくリッチな感じがして、いぶきにもふさわしい気がした。

地下へとつづくスロープの先に、看板に描かれた赤いフォントの断片がみえた。「救急」という文字に引き寄せられて、丸い凹みが並んだスロープをおりると、救急車が数台待機している横に窓口があった。


面会の予約は？

面会相手のフルネームは？

面会相手との関係性は？

そのすべてに答えられそうもなかった。自分が誰に会いたいのか、私はまともな言葉で説明ができなかった。

透明なガラスに向かって体当たりを繰りかえすようないくつかの顚末《てんまつ》を想像しただけで、私はすぐにスロープを引き返した。

ロータリーの脇にスタバがあった。病院に併設されている店舗だから、そう多くない座席を一目で見渡すことができた。清潔で、薬品の匂いの届かないここが、病院のなかでいちばんいぶきらしいような気がした。


〈一緒にいれなくて本当にごめん。あのあと警察にい〉


いぶきに送ろうとしたままになっていたＬＩＮＥのメッセージに寒気が走った。

被害者でも、もちろん加害者でもなく、いままで誰からも〇〇者と名付けられていないにもかかわらず、多くの人々がいとも簡単にイメージを抱き「大切な相手が××されたら普通は〇〇する」という理想的言動で塗りかためてしまう〇〇者らしい振舞いに、私は内側から毒されはじめていた。

遺族らしさ、恋人らしさ、友人らしさのどれも侵さずに、三つのらしさが重なった範囲のなかでだけ生きることを許されているような状況に、私は適応しようとしていた。

数日前に打ちかけたメッセージはその証拠のようで、寒気がしたのだと思う。

スマートフォンの画面を伏せて置くと、右手がまだらな影にのまれた。氷をたくさん浮かべたアイスティーの影がゆらゆらと揺れ、指先から迷彩模様に染められているようだった。

もう一度メッセージをいじろうと試して、結局すべて削除した。

〈30分遅れる〉日曜 14:15

読む、という心地すら抱かせないほどに短い、いぶきからの最後のメッセージを読めば読むほど、私たちは地上へ関係を進めるべきではなかったと何度も悔やんだ。

これから地上のどこにいても、こうして嘘しか演じられない。

シナモンロールを買って、トイレの近くのボックスシートに再びもたれこんだ。乾燥した外皮を剝がし、赤い木の実が描かれた丸皿に置くと、熱く湿った内側の生地を口に含んだ。人間の皮膚を食《は》んでいるような安心感に襲われて、私は涙を流せなくなった。

12月25日、いぶきはみつからなかった。

〈警察から会社に連絡が来ることはある？〉というオンライン記事にも、私は目を通した。

〈事件や事故の参考人となった場合、携帯電話に警察から連絡が来て、任意の出頭を要請されます。聴取は任意なので断ることも可能です。

例外的に以下の場合には、会社に直接連絡がいく場合があります。

1　連絡を拒否し続けた場合
2　重要参考人である場合
3　被疑者として認定された場合
4　重大事件の場合

5　緊急を要する場合
6　参考人が公務員である場合
7　病院の院長、社長など、聴取によって職務に大きな支障が出ると考えられる場合〉

6と7は関係ないとしても、2〜5は警察側でどう判断されるのかわからなかった。あの夜〈ファイト・クラブ〉にいぶきを呼び出したのは他の誰でもない私なのだから、捜査が進んでいく過程で、私が疑われてもおかしくないはずだった。とはいえ自分から進んで出頭し、そのまま帰れなくなるような可能性もゼロではないはずで、それも実行できずにいた。

いぶきが今どうしているのか、生きているのか死んでいるのかを知る手がかりが、警察に行けばあるはずだけど、警察に対して私たちの関係性を説明する言葉はなかった。

友人だと言って、簡単に会わせてもらえるとも思えない。

私がいぶきに会ったのは四回で、四回のうち四回とも〈ファイト・クラブ〉だった。

結局、私が気をつけることができるのは連絡拒否と判断される危険性だけで、そうならないよう頻繁にスマートフォンを開いて着信を確認した。連絡がないことを確認するたびにむしろ安心からは遠のいた。恐れているものがなかなか訪れないことで、居心地の悪さが引きのばされていった。

年末に近づいても、会社ではほとんどの部署が仕事を残していた。薄青い蛍光灯の下、黙々とパソコンに向かっている職場の人間を見渡すたび、本当はもうこの人たちがすべてを知っているのではないかという不安がよぎった。翌日、翌々日と時間が経つうちに、その不安は私のデフォルト状態になっていった。どこを行き来するときにも、誰かに監視されている前提で行動をするようになっていった。

そして警察らしき番号から連絡が来るまえに〈ファイト・クラブ〉のサイトが更新され、設備点検による臨時休業の終了と、12月28日からの営業再開が告知された。

〈ファイト・クラブ〉は会社からそう遠くない。

歩いていけば15分。ビル群を抜け、駅の繁華街を越え、あの巨大な開かずの踏切を渡ったら坂をおりて、〈ファイト・クラブ〉の三叉路へたどり着く。

急な階段を降りると、一枚の扉につきあたる。マンションのゴミ置場や電気系統管理室にも似た殺風景な鉄のドアには、小さく〈Men Only〉と記されていた。

扉を開くと、何も変わっていなかった。

最後にここへ来たときとおなじように、どこか外国の裏路地を移植してきたみたいな数メートルが伸びていた。モルタルの床には円を描きながらワックスがけをしたような陰影が刻まれて、視点が動くたびに新しい傷が光った。剝きだしたコンクリートの壁には、定規を使って削られたようにまっすぐな溝や、均等な間隔で打ちこまれた穴、細いインクで記された理解のできない数列が、ヒビや傷にまじって縦横無尽に走っていた。

そこが〈ファイト・クラブ〉のエントランスだった。

青いライトが一点だけ落ちて、あとは真っ暗だった。

地上と地下の間にみえない時差があるみたいに、どの時間帯に来ても夜に似ていた。国から国へ移るのとおなじように、店に入場するのにも通過審査があって、壁の小窓に埋めこまれたマジックミラーの前に立ち、小さな隙間に運転免許証と千円札を一枚差しこんで待った。

〈19歳から26歳：￥１０００〉サイトにはそうも記されていた。
暗い鏡面に映った私のシルエットは、トイレの標識みたいに整っていた。マジックミラーの奥に控えているはずの従業員の気配に、私の態度は少し演技がかる。わかりやすく口角を引き締めて、背筋を正した。

いぶきはそれに加えて、本当の入国審査みたいにパスポートを提示していたらしい。わざわざパスポートを持ってくる理由は二つあって、免許を持っていないのと、穏便に日本国籍であることを伝えるため。従業員によってはいぶきに対して身分証明書の提示を求め、国籍が証明できないことを理由に入店を拒否する場合があったと言っていた。

「日本のパスポートがあれば世界中どこでも安心、っていう神話を一番実感するのは、俺にとってはここの受付」
いぶきの皮肉はいつもすらすらと淀みなくて、何度も練習したみたいだった。そして両サイドが尖った針を思わせた。「俺」と「日本」のどちらを刺しているのかわからなかった。

先客はほとんどいないようで、がら空きのロッカーゾーンに男が一人だけいた。事件の直後に店へ来る男はどんな神経をしているんだろう、と相手に思われないだろうか、それともそれは私が思うべきことなのだろうかと、一瞬頭が混乱し、肌にいやな火照《ほて》りがよみがえった。

男はすぐにシャワーの方へ消えていった。

誰もいなくなった空間へ目をやりながら、私は店の暗闇が少し明るくなっていることに気づいた。頭上の闇へ目をこらすと、以前は闇にのまれていたダクトや梁たちが、うっすらと青い光に保護されているように明るくなっているような気がした。

誰かに見守られているような居心地の悪さをはっきりと察知した。

私はスーツのポケットからスマートフォンを取り出し、カメラを起動して頭上の闇へかざした。

ロッカーの高さは私の身長とおなじくらいで、その上に広がる空洞は、店内の奥の方までつづいていた。

カメラを闇に向けながら、角度をずらしていくうちに、鳥肌が立った。

真っ暗な画面のなかに、小さな光が瞬いていた。私の位置からみえるものだけで、三つほどあった。

星のように柔らかい輝きではなく、人工の光に特有の規則的な点滅をともなっているのは、カメラとの周波数のずれでフリッカーを起こしているせいだった。

闇の中からこっちを静かにみつめる光たちは、肉眼でおなじ部分をみても全く確認できないから、赤外線を使用しているらしかった。

犯人は犯行現場に現れるって、本当だろうか。

警察の要請か、自主的な判断なのかはわからないけど、地上の公共施設や道路とおなじように、カメラは地下のことも保護し、監視しはじめていた。

通路にはすでに点々と男たちの姿があって、その奥に、いぶきの発見された個室があった。

誰もみていないタイミングを見計らって、私はひとりで個室に一歩だけ踏みこんだ。踏みつけるマットの張り感がぴんとしていて、新品に買い換えられているのがわかった。

銃声に飛びあがった鳥たちが空中をさまよって、結局はじめにいた木へと落ち着いていくように、18時を過ぎると頻繁にロッカーの軋む音が聞こえ、店内には当然のように男たちが増えていった。

男たちは通路を回遊し、手を引きあっては個室に消えた。

あの個室もまた、鍵が閉められた。

私はすれ違う男たちの顔を前よりも慎重にみつめた。記憶のなかに埋もれ、日が経つごとに造形がぼやけていくあの男の面影を探していた。

あの夜、地上を追いかけながら逃げたように、もう一度地下へ逃げながら、待っていた。


数時間以上滞在していると、いつも必ず髪が崩れた。

地上ではヘアジェルで抑えている髪がゆっくりと地下の熱気を吸って、気がつけば濡れた雑誌のようにうっすらと波打っていた。

髪は、押さえこんだ指のあいだから、ぴんと一束溢れた。毛先のカーブはだんだんと細くなってからほとんど感知できないような筋を尖らせて消失する。

いぶきのあばらに彫られたカリグラフィーにそっくりだった。

あばらに刻まれた筆記体にみとれて、思わず人差し指でなぞってみたとき、どうしてタトゥーを入れないのかと、いぶきが不思議そうに聞いてきたことがあった。

「入れたいと思ってから、五年ぐらいは経ってるかな」

「もう入れればいいじゃん。それ、一生入れらんない人の発想だよ。危険な発想だから」

「入れたら一生残るから、そっちのほうが危険じゃないかな」

「その発想が危険なんだよ。入れないと入ってない状態が一生つづくんだよ？」

「入ってない状態が一生つづくのは、べつに当たり前じゃない？」

「全然当たり前じゃないから。透明人間でもない限り、人間の皮膚に何も入ってないなんてありえないでしょ。てか髪整えるし、脱毛するし、筋トレするのに、なんで皮だけデフォルトでいけんの？　文脈足したほうが、どっちみちクソ長い人生がつづくんなら、自分が選んだ状態でいる時間が長いほうがいいでしょ」

私はいぶきのあばらに触れた。

あらかじめ遺伝子によって塗りつぶされた肌へ、さらにいぶき自身が彫って重ねたカリグラフィーは、別のアラビア文字と重なりながら、複雑に茂っていた。けばけばしい装飾を指で辿って、一文字ずつ解析していくのがやっとだった。

どこに触れても熱かったけれど、あばらは特別に熱かった。燃えるような内臓に、手のひらが炙られそうだった。

くすぐったいといぶきが笑って、強引に手を払いのけた。

剝がされた私の手は、手のひらにだけ火が通ったように淡白な色をしていた。

いぶきの手のひらもおなじだった。

暗い肌のなかで、手のひらだけ色が薄かった。

私たちはお互いの手のひらを密着させ、指を組んだ。

握りあわされた拳は暗く、まるでひとりの人間の右手と左手のようにおなじ色をしていた。

2

はじめていぶきに会ったとき、私たちはお互いのことを何も知らず、自分以外でブラックの流れている日本人を、地下ではじめてみた。

その姿をみてすぐに、彼が単一な日本人ではないとわかった。

肌の色そのものが異質だったのではなかった。〈ファイト・クラブ〉の青い電球に照らされれば、どんな人種の男も青かった。人種によって明暗に差があるようでいて、日焼けした日本人の肌と彼の肌とは、おなじくらいに明度が低かった。

それでも、骨格や顔立ちといった彼の形が、彼の色を、十分に可視化させていた。色が青いまま、彼はブラックだった。


私もまた、単一な日本人ではないのだとあらためて意識した。

私にもまたブラックが流れている。

そのことを実感するのは久しぶりだった。

それとも数秒ぶりだったのかもしれない。

自分にも周囲にも暗示を重ねることで手にした、イエローに迷彩しているような錯覚をふわりと剝ぎとられた。


彼は私の、彼に比べれば鮮やかでないブラックにも気づいているようだった。

単一な男たちが二人のあいだを遮ってまた視界がひらけても、まだ目があっていた。

私は目を逸らして、その場を離れた。

彼が苦手なのではなく、周りの男たちの雰囲気を想像すると憂鬱だった。〈ファイト・クラブ〉は地上のミニチュアにすぎない。こんなに単一な世界で私たちが惹かれあっている姿には、誰の目にもドラマが滲むはずで、そのことが憂鬱だった。

しばらく回遊してまた二人が接近したとき、いぶきはすれ違いざまに速度を緩めた。体のすみずみまで読みとらせるように、両手を前で組んでいた。ボディチェックのような姿勢だったけど、至近距離すぎてうまく読みとれず、私が〈保留〉していると、彼はいびつに笑った。

〈こんなに似ていて何が怖いのか〉と肩をすくめてみせるような笑みだった。〈怖くない〉と伝えるために、彼の腰に触れた。

恐れられている、という実感を味わってほしくなかった。同時に、恐れるような愚かさを負いたくないという打算も含まれていた。

背後に広がった長方形の闇に、私たちは入った。

店内に張り巡らされた板は、どれも天井まで達しないで一定の高さで断ち切られ、それは身長が190センチ近くある私たちのちょうど頭上すれすれの、地上ではよく馴染みのある寸法だった。

あらゆる公共機関の扉や、交通機関の自動ドアとおなじくらいの、まるでこの国ではどう高く見積もってもこれ以上の身長は存在しないと規定されているような、あの高さだった。

そのいつまで経っても慣れることがない寸法の闇で、膝をかがめ、鎖骨に顔を近づけた。あてられた胸へおなじように手を返し、皮膚を口に含みあっているうちに、彼の声は高く、私の声は低くなって、役割が決まっていった。

刺激を与えるたび、彼は筋肉の境目に柔らかい溝を浮かべ、球体関節をもっているみたいに体の部位一つ一つが独立した立体感を増した。


扉を閉めれば、個室には青い光すらほとんど届かない。

暗さに目が慣れてくると、何もない空間と、私と、彼とが、三種類の闇に分離した。一つは私の色だから、タンニングマシンで均《なら》されたその薬瓶みたいな色を脳がよく知っていて、勝手に補正された。

すると不思議なことに、私自身の肌との微妙な階調差から脳が逆算して、彼の肌の色がどんな色をしているのか、だんだんとみえてきた。

闇のなか、彼は幻覚のようなおぼつかなさで色彩を取りもどしていった。

私がブラックと一言で捉えてしまう皮膚のすぐ裏に血の色のこまかい網目のようなものがみえたし、そのそばを這っている静脈や、そのもっと奥に正体の摑めない骨の筋があった。

どの組織とどの組織の重なりあいでそうみえるのか、管と骨が重なったところは色を打ち消しあって明るく、また赤が密集して重なればより濁りをつくった。

そして濁りあう皮膚の裏に満ちている真皮の層は、純粋なブラックとは違ってイエロー混じりの人間らしくほのかに明るかった。

表皮により強く現れているブラックと、真皮から淡く滲んでいるイエローとのムラは、瞼の裏に浮かぶ模様のように微細で捉えどころがなかった。

一人の人間が一色にみえるようなことは、あの近い距離ではありえなかった。

瞬きをすると、すべて闇に戻った。

胸が締め付けられた。


そして、いぶきの耳に触れた。

砂浜で片割れになってしまった貝みたいに、右耳が側頭部に埋まりかけていた。なんの格闘技でそうなったのか、もし私がおなじ訓練を受けていればそれは私の耳だったかもしれなかった。

私たち二人はただの他人ではなく、違う実験環境で生育されたおなじ個体のようだった。それは血が引いていくような感覚で、実際に私のペニスから血が抜け、肉が萎《しぼ》んでいった。

唇をあわせると、彼は血をおびき寄せるように私の下唇に吸いついた。毛細血管が痺れるような刺激を受けていると、ペニスにも血が戻っていき、彼の内臓を満たしていくのがわかった。

ＬＩＮＥを交換して、私たちは地下で待ちあわせるようになった。

待ちあわせといっても、それはただの結果で、これから〈ファイト・クラブ〉に行こうと思っているとメッセージを送るのはいつも私のほうで、断られればそのまま一人で行ったことになり、合流すれば結果的にそれが待ちあわせになるだけのことだった。

平日の午後にやるべき仕事を失って、会社を抜けだしたこともあった。

もともと会社の側から提案された裁量労働制だったし、私たちの労働量が飽和していることに目をつぶる企業なのだから、数時間どこにいるかわからなくても、目をつぶるしかないようだった。

ガラス張りのエレベーターで落下するとき、沈みかけた日を追い抜くような快感が走った。


地下にはいつでも単一な男たちが満ちていた。

すれ違いざまに肌が肌とかするとき、それが偶然なのか相手が発しているコマンドなのかはもちろんわからない。

あらかじめ欲望を知ることができるのは、いぶきだけだった。

私はいぶきに会いに地下へ来て、いぶきも私に会いに来る。

惹かれあった二人の人間が当然のように行う約束のムードに、私はどこかで竦《すく》んでいた。

空いている個室に入って、体に触れあっているうちはまだ興奮がまさっていたのに、肉を割ってペニスを潜らせるときには、必ず血が抜けていった。

自分自身の肌にカミソリの刃を埋めることを想像するときの、生理的な忌避感にも似ていた。


「自分を慰めるのは簡単だけど、自分を犯すのは、相当ネジを外さないと」

頷きながらそう言うと、いぶきは眉を持ちあげた。

「とくにホモ2乗だと」そういって、ぴんと伸ばした指で二人を交互に指した。

「2乗？」私は笑った。

意味を理解しているのに疑問形で聞きなおしてしまうほど、その言葉がおかしかった。

「性別を軸にしても、人種を軸にしても、おれたちはおなじだから」

そこまで言ってから隅のティッシュをとって、ガムを吐きだした。

「暴力的接触に、体が拒絶反応を示してる」

疑問は二つ浮かんだ。

私の脳は、いぶきと抱きあうことを暴力だと捉えているのか。

扉の外を行き交っている男たちのように、単一な日本人どうしであることも「ホモ2乗」なのか。

一つ目の疑問は黙ったまま二つ目だけ聞いてみると、それはいぶきは答えた。

「ノンケがノンケのことノンケって言わないのとおなじで、一生2乗にはなれないと思う。自分たちが日本人専だってことにも、死ぬまで気づかないいんじゃないかな。この店は特にそういうのばっかでしょ？　ツーブロックぅー、筋肉ぅー、でっけぇー、って。だから何だよ。条件と努力の微差だけでしか興奮ができないって……まあ自由だけど」

待ちあわせのたびに彼はいつも遅れ、通路に佇んでいる私のもとに向かってきた。たまに誰かの手がいぶきの腰を撫でた。

男たちがいぶきに向ける欲望の破片を、私は一つずつ目で拾った。

男たちの欲望を記憶して、二人きりの個室に持ちこんだ。

無数の単一な男たちが回遊する中心でいぶきと抱きあった。ペニスの先で内臓をえぐり、硬い感触をもった器官にぶつかればそれもえぐった。

涙では濡らすことのできないほど密集した睫毛を、汗が浸した。

私の目も、いぶきの目も、おなじように汗で濡れた。

真っ暗な個室のどこから光が届いているのか、濡れた睫毛が視界にフレアをまぶした。

いぶきが漏らした透明な液体が、その腹を濡らし、腹筋の溝を埋めた。


「おまえの癖みつけたわ」

脱力している私にいぶきが言った。

「そこの範囲に体を入れないんだね」

そう言って、いぶきは私たちの脚がある方を指差した。

長方形の個室の底面に、薄明るい三角形ができていた。扉と床との隙間から、電球の青い光が射している範囲のことを言っているらしかった。

そのとき、私たちは横に並んで脱力し、私は膝を立てていた。

両脚は折りたたまれ、すべて闇の範囲にあった。

伸ばされたいぶきの両脚だけが、ふくらはぎのあたりで明るく切りとられていた。

「あそこに体を入れようとしないから、なんでだろうと思って」

「体勢的に当たり前だと思うけど」
いぶきは笑って首を振った。そして体を起こすと、手をとって、社交ダンスをリードするように私たちがその数十分間にやった体位を巻き戻していった。立ってから横たわるまで、確かに私の体は薄く忍びこむ光にかかることがなかった。まっすぐに伸びた彼の両脚だけが三角地帯のなかでくっきりと光っていた。隙間から侵入してくる男たちの影を眺めるうちに、私はあることを思いだした。

子供の頃、家の郵便受けが怖かった。扉に取りつけられた、受け口とカゴが一体化したあれが恐ろしかった。大人には到底入りこめないあの小さな隙間から、自分とおなじくらいか、何歳か年上の子供たちなら余裕で家のなかに侵入してこれるのではないかと思っていた。

それはサイズ感覚を把握しきれない子供ならではの妄想で、たとえ子供でもあの隙間をくぐり抜けることは無理なのだと今ならわかる。

その頃から、ふいにすれ違う年上の子供たちから意味を理解できないカタカナを投げかけられたり、すれ違いざま誰かわからない大人の指が髪の毛のあいだをくぐったり、保育所で誰かが肌を焼いたときや誰かが塗り絵をおもしろ半分に塗りつぶしたときなどに花ひらく談笑に混じって、私の名前が聞こえるような経験をしはじめていた。たとえ家のなかに入ることができなくても、手紙を差しこむように板をそっと押して、誰かがこっちを覗いているのではないかと、警戒する癖がついていった。

私が育った家はアパートの小さな一室だったから、玄関と食事をしたりテレビを観たりするスペースとが一続きだった。いつもそこを通る誰かの足音が聞こえ、電気を消せば、それまでみえていなかったはずの気配が影になって侵入してきた。すべては小さく、小さいからこそ恐ろしかった。

克服したと思っていたけれど、考えてみればはっきりとした克服のきっかけはとくに無く、ただ私の周りに私より大きな人間がいなくなり、郵便受けと人間とのサイズ感覚を正しく把握し、そして扉があった家そのものを離れただけだった。

体が成長しきった26歳の私にそのことを思いださせたのは、おなじ26歳のいぶきだった。

「今日は一緒に出る?」

いぶきがそう持ちかけて、一緒に帰ったことがあった。

シャワーを浴びて、ロッカーでそれぞれに準備をはじめたときに目をみはった。いぶきのロッカーからたぐり出されるひらひらした布が、軟体動物みたいなひだを作って舞いあがり、いぶきの腕に抱きとめられた。

ラメをまぶしたガーゼのようなカーディガンは、押しこまれていたせいか袖口や腰回りにシワを走らせ、それが絶妙な膨らみを作った。

その内側に透けるいぶきの体のラインはVネックのシャツにぴったりと吸いつかれていた。ケミカルウォッシュで大きなシルエットのデニムパンツのお尻には、右に一つ、左に一つ、大きな手形のくり抜きがされていた。誰かが燃える手でそこに触れたみたいに、赤い糸で縁どられた手形の穴は、メッシュ地になって透けていた。

デニムをはじめとして青い部分ももちろんあるのに、全体的にみると青い服という感じがしなくて新鮮だった。

すべてを身につけ終えると、いぶきは口を〈いこう〉のかたちに動かしてから微笑んだ。いぶきが服を着ているのをみたのは、それがはじめてだった。

地上に出るとスコールが降っていたのか地面が濡れていて、異様に蒸し暑かった。私の服が汗でまとわりつく横で、いぶきは薄い半透明のカーディガンごと腹をまくりあげ、すれ違う人の視線をいくつか惹きつけた。

この踏切のあたりはクリスマスになると、デートをしている男女がトイレのマークみたいに赤と青の服ばかり着ているのだと、そのときに話してくれたのだった。

「クリスマスだけみたいに言ったけど、毎回不安になるのは、これってクリスマスの時期限定で風習がよみがえってるだけなのか、数年単位でノンケ界のスタンダードが逆行しちゃってるのかわかんないんだよね」

急行が私たちの目の前を勢いよく通り過ぎた。

「悪趣味なんだけど、ヒキでみると意外と可愛いんだよ」耳元でひとつずつ区切っていぶきが叫んだ。

轟音が去り、視界がひらけて、いぶきが自宅だと指さした方向には、高層マンションがあった。

ロータリーを抜け、エントランスの大きなソファーに座った。

いぶきの仕事がビデオでの配信だと知ったのはその日だった。

いぶきは高校を卒業した後、着々とフォロワーを増やして、最近やっとその収益で十分に貯金ができるようになった。

日本では性器を無修正で配信することが難しいから海外旅行のついでに現地で配信したり、さらにそのついでにおなじような活動をしている男の子と計画を立てて一緒に撮影したり、月に一本か二本のペースで有料ファンクラブへの投稿をつづけてきた。

そのせいか、日本人のファンは全体の10%ほどで、ほとんどはアジアや南米といった有色人種の多く住む国の人々になった。


いぶきはそんなことを説明しながら、スマートフォンで動画をみせてくれた。地下で私にみせていたのとおなじ姿で、私がいなかった時間と場所でも、おなじようにいぶきは男と抱きあっていた。海、太陽、青空、砂、アクセサリー、アクセサリーによく似たアダルトグッズ。そういうものと、いつもどおりのいぶきが同居していた。

$9・99を支払って開くことのできるいぶきのページに載っているプレイ自体は驚くほどハードさがなく、挿入も少なかった。

モデルがポーズを取るのとおなじ態度で、いぶきたちは体を触りあっていた。フィニッシュもしない。

よくセックスと一緒に描かれがちな苦痛を飄々とかわすような彼らのプレイは、観客がいないと絶対に成立しない機械的なリピート感があった。

観客を載せたボートがタイムラインを横切るたび、永遠に炎を吐きつづけるドラゴンや、永遠に物陰から頭をのぞかせるファンシーなキャラクターのように、画面のこちらを意識して、手や、口や、ペニスをピストンさせていた。

地下での私とのセックスとは全く区別されていた。

気がつくと、規則的な折り目のついたレースカーテンの裏でロータリーが青く暮れていた。

エントランスはクーラーで冷やされ、体を少しずらすだけで肌寒くなった。

「時間があるとき部屋に来てもいいよ」

誘うのではなく許可するようにいぶきが言って、私はそれに口だけで同意した。

外まで送るといういぶきの両肩を押しこんで、出口へ向かった。

いぶきの部屋を訪ねてみることを、事件のあと何度も想像したけれど、私はいぶきの部屋が、あのマンションのいったい何階くらいにあるのか知らないままだった。

　高級物件に住んでいるいぶきを千円で使い放題の地下に誘っていたことも、それを恥ずかしがって手のひらを返したように別の場所へ誘うことも、すべてが馬鹿らしくなって、私はいぶきへの連絡をストップした。

　考えてみれば誘うのは毎回私からだったし、私から連絡を止めると、自然にいぶきとのやりとり自体が止んだ。


　そのあいだにも、地下に通いつづけていた。

　縁を切るつもりは少しもなかった。むしろ別の刺激を頻繁に得ることで、またいぶきに会いたい気持ちの波を作っていくようにコントロールする癖がつき、いぶきを中心にカレンダーを捉えはじめた。

〈ファイト・クラブ〉の回遊はいぶきのための練習に似ていった。そこにいる単一な男たちも、練習台に似せていってしまったのだと思う。

　もちろんそれは無自覚なままで、誰でもいいと思ったことは一度もない。

　けれど個室の鍵をかけた途端に、欲が溢れた。いぶきのビデオには存在しない力を、液体を、求めていた。肉眼に、肉体に浴びたかった。

はじめに貪欲になったのは口だった。

自分でも気がつかないうちに皮膚を食んでいく力がエスカレートしていった。同量の麻薬を摂取しつづけるうちに、やがて何も感じなくなっていくのとおなじように、唇が、舌が、皮膚を皮膚だと感じられなくなっていった。いくら舌を回しても空気を舐めているように空疎で、いくら唇で吸っても綿飴を飲んでいるように短い快感しか得られなくなった。

その肌の奥にある脂肪を、筋肉を、血を、表面まで呼びよせるようになった。嚙みついたことは一度もないから、相手が痛みを訴えることもなかった。直後にはたしかに、相手の男も満足していたようにみえた。

けれど、個室の扉をくぐってまた男と再会したとき、その無残な姿に胸が潰れた。私が口を使ったすべての痕跡が、たった数分間で毒々しい痣になって表れていた。胸や肋骨だけでなく、首や目のそばにも、まるで殴られたような内出血が浮かんでいた。青い照明のなかで、銃弾を浴びてできた穴のような痣は、おそらくは真っ赤で、警戒色のように上半身をまだらに汚していた。

その痣が完治するのに時間がかかることは、誰がみても明らかだった。

そのとき、私は〈ファイト・クラブ〉という名前の意味を、自分が崩壊させたことを自覚した。

何か言うべきことがあって、けれど目があうと私からは一つもコマンドを送れず、男が肩をすくめてコメディーのように笑った。


被害者が一人だけで済んでいるとも思えなかった。

皮膚だけで済んでいるとも思えなかった。

ほかの誰かの内臓や、喉のことも、知らないうちに破壊しているかもしれなかった。

ウィルスを抱えて徘徊している気分だった。

これから痣をうつすかもしれない相手に怯え、まえに痣をうつしたかもしれない相手にも怯えながら、それでも地下に通いつづけることはやめなかった。

いぶきには会わないまま、その習慣だけが残された頃、二件のメッセージが届いた。

〈久々にいこうかな〉18:39

〈何してる?〉18:39

季節はすでに冬で、最後にいぶきと会ってから四ヶ月以上が経っていた。

〈ごめん、仕事がすごいラッシュで〉21:06

数時間後に気がついてからそう断って、翌々日の12月23日、いぶきを〈ファイト・クラブ〉へ誘いなおした。

私たちはすでに〈ホモ2乗〉ではなくなって、滑らかに犯すことができるようになっていた。

世界中の男とつながっているいぶきに、私は以前より熱心に腰を打ちつけた。

もしも、抱きあうことがお互いの何かを補充しあうことなら、私からいぶきに提供できるものはそれぐらいしか残っていなかった。

闇のなかで、表情はほとんどみえなかった。

「やっぱりおまえのこれが最高」セックスの最後に、いぶきは満足そうにそう言っていた。

どっちにしてもカウントダウンははじまっていた。私たちはお互いの肉体のごく一部にだけ愛着をもって、言葉はより正確に、お互いの憎悪をあらわしていた。

「いぶきの耳は、何の格闘技？」

個室を出ていくまえ、最後に私はそう聞いた。

「格闘技なんかやったことないよ。家族。四人兄弟の末っ子だから本当に人間扱いされなくて、毎日帰るたびに戦争ごっこの標的になってるうちに、耳が潰れたんだよ」

〈末っ子だから人間扱いされたことない〉

その言葉はいつか、いぶきが投稿していた。

あれはたしか、アヒルの家族の動画だった。

いちばん最後の一匹が、側溝へ落ちたことに気づかないまま、去っていくアヒルたちの動画に、いぶきがコメントしていた。

泣き笑いの絵文字と一緒になっていて、それ以外のことは書かれていなかった。

私は幼かったいぶきの耳が、兄たちによってゆっくりと内部から壊され、血を溜めていった過程を想像した。父親は止めなかったのだろうか。子供どうしの暴力を目の当たりにして、愛を説こうとしない冷徹なブラックの男を、私はうまく想像できなかった。

3

2019年1月。

警察から連絡が来ないまま、二週間が経とうとしていた。

さすがにもう日常が崩壊するのではないかという予想が外れていくうち、私はどこかで、いぶきが何かを語りはじめている可能性を考えるようになった。

もしそうなら、私との連絡を断とうとしているのはあきらかだった。

私からも連絡はしないままだった。

事件についての情報も、何も更新されなかった。


〈ファイト・クラブ〉に単一な男が立っていた。

壁に寄りかかり、胸元から上をスラッシュで闇に切りとられた男の裸は、破壊された仏像のように美しかった。

曲がり角からもう一人、男がやってきた。その男もまた顔がみえないまま、壁に寄りかかっている男のことをみつけ、立ちどまって手に触れた。

指先でゆっくりと肘のあたりまでを撫でてあげてから、逆再生されていくようにまた降りていった。

触られているほうの男は、あいかわらず仏像のように動かないまま、誘いを〈保留〉していた。

どちらの男も単一なイエローで、私とは似ていなかった。


闇に潰れている二つの顔は、お互いのことをみつめているだろうかと目を凝らしているうちに、忘れていた欲望がよみがえってきた。手にとって触れたいのか、それ自身に成り代わりたいのかも判然としない欲がそのまま神経を刺激するようだった。

自分によく似た誰かと互いに求めあう感覚がどんなものだったのかを、体でも心でもないような部位が幻覚して疼《うず》いた。

それは胸を切り裂かれるよりもずっと弱く、あばらを指でなぞられるよりわずかに激しかった。

後からやってきたほうの男が体をかがめた。

相手の首元に鼻先をかすめると、その顔が青く照らされた。

裸体の延長のような曲線をもった側頭部はほとんどが皮膚の色をして、短く刈った髪の毛が、頭頂部から粗い粒子のようなグラデーションを帯びさせていた。

トップだけ伸ばされた髪は、シャワーを浴びたばかりなのか束にまとまって逆だち、小さなツノが点々と生えているようなシルエットだった。


数メートルの距離から眺めるその顔は、まるでいくつかの肌を張りあわせたように質感がばらばらだった。青く浮かびあがった顎の剃り残し、頬に点々と残った淡い炎症の跡、目の下のいくつかのたるみや涙袋と、引き締まった頬の筋とが、ひとつの顔のなかにあった。

毛穴がはっきりとみえる部分もあれば、おそろしく艶々した部分もあった。

若くみえる32歳か、大人びた26歳のような人物像をぼんやりとイメージした。


男は獲物を警戒するように鼻先を迷わせてから、一瞬だけ誰もいない天井のほうに目を向け、食らいつくのをやめたように顔をあげ、影に隠れた。

正体のわからない恐怖が気分を染めていった。

まるで馬鹿みたいだと、すぐに振りはらった。

私は視線を落とした。

自分のまえで組んでいた両手を解いた。

指を組むように、もう一度握りあわせると、右手も左手もよく似ていた。それはどちらも私の手だった。

体が似ていることは、おなじ人間であることとは全く違うのだと、私はもう知っていた。


きつく閉じていた目を開くと、刷毛でのばしたようにぶれた視界のなかで男が私に接近していた。

真向かいからこっちに歩いてくると、途中で、電球をひとつ横切った。

頭蓋骨でぴんと張ったような額から右頬までが大きく照ると、眉毛が数秒間だけ剃込みのように割れた。

顔はまた影に隠れて、足どりには迷いがなかった。

すれ違うときに腕が触れた。

どちらから誘ったのかがお互いの間でも証明できないような曖昧さで、触れあっている面積を滑らかに広げていった。

背後の個室に、私たちは入った。


その個室に横たわれるほどのスペースはなく、フェイクレザーのクッションで覆われた台が、壁と一体化して設計されていた。

ただ座るためだけの無機質な凹凸に体をおろすと、直立した男が目のまえを覆った。


男が壁に手を伸ばし、手のひらほどの四角いスイッチをタップすると、室内の青いランプが照らされ、私たちはお互いの顔をみつめあった。

真正面からのライトで濃淡を失った男の顔は、ようやく確認できた私の顔に安心したように目をほころばせた。目尻に刻まれたのは皺というには若々しい、みなぎった肉がぶつかりあってできたえくぼのような質感だった。

その目元の線は、口すらほとんど動かさない薄味の笑顔に貢献していた。

なぜ彼が私と個室に入ったか、意図は分からない。

どの男でもそれはおなじことだった。

手首を握ると、右手首とロッカーキーの隙間に指がひっかかった。

隙間から指を抜いて、手を握った。

丸まった手の内側は、何かを挟んで隠しておけそうなほど肉が厚く盛りあがっていた。

親指に力をこめてそこに潜らせると、片方はすぐにそれを受け入れ、もう片方だけがなぜかきつく締められていた。

小さな塊を握っているのがわかった。

五本の指を使わずに手のひらの筋肉だけで握られていたそれは、アルミに包まれた錠剤状のガムだった。

手のひらから滑って、跳ねるように床に落ちた。

男はガムが落ちたことに気づいていながら、気にはしていなかった。

男のペニスが膨みかけていた。さっき、破壊された仏像のような男に接触したときの興奮が、その体にまだ残っているらしかった。私は男に手をのばし、やがて精液を浴びた。

彼が〈じゃあ〉と伝えるかわりに腕をやさしく叩いてから、扉を開けた。

私もそれにつづいて個室を後にした。

一緒に連れだって歩くのでもなく、けれど完全に関係をリセットしたわけでもない距離感を保って、巣のような通路を逆行した。

入ってくるときには分岐していても、逆行するときの目的地はロッカーに行くことしかない。

だからそれは好きで一緒に歩いているのとは違った。

ただお互いの目的地がおなじ場所にあるだけなのに、角を曲がり、たまにこっちを振りかえる男と何度か目をあわせているうちに、お互いがお互いの行動を意識するような関係が生まれていった。

別々にシャワーを浴び、ロッカーで服を着ているときにも、そのみえない連帯は消えていなかった。

私は連絡先を聞いておくべきかを迷いながら、服を着ていった。

誰かとおなじタイミングで着替えていると、意識していなくても自分が服を着るペースを相手に合わせてしまうのか、私たちはほとんど同時にそれぞれの青い服を着終えた。

どちらもスーツを着ていた。


彼が先にカーテンをくぐった。

カーテンの向こうから靴先で床を打つ音がコツコツと響き、扉が開かれると冷たい風圧がカーテンを大きく揺らした。

男がドアの向こうに消えた気配を確認してから、私もおなじように店を出た。


いつもどおり、建物の共有部分の匂いがした。コンクリートと濁った水の匂いに、自分のいた場所が現実世界でどんな位置にあるのかを思いしらされるようだった。

地上や地下にいるときより、その中間にあるコンクリートの階段を移動するときにいちばん気分が冷めた。


つま先だけで階段をのぼって建物を抜けだそうとする直前に、足が止まった。

ステンレスに縁どられたガラスの扉の向こうで、彼が二人の警官に止められていた。青い制服のうえのメタリックなジャンパーは、襟元にフェイクボアのような素材が縫いつけられていた。

冬の警官たちの、いつもの格好だった。


事件のあと、警察が店の前に立っていることがたまにあった。街へ溶けこむまえの男たちを捕まえて身分確認をしているらしかった。数メートル先の角で待つのではなく、店のすぐ前で待っていた。

入口に青い影が立っていた日には、店に入るのをやめて帰るようにしていた。


ガラスの扉越しに、しばらく警官たちと彼とを眺めていた。

網目状に埋めこまれた針金が邪魔で、顔を傾けた。

彼をおとりにして後ろをすり抜けてしまうこともできたかもしれないのに、彼の態度に目を惹かれたからだった。

命令を下すように、彼は人差し指を左右や地面に振りかざした。

何かを抗議しているようだった。

ガラス越しに彼の声はほとんど聞きとれず、ドアの隙間が鳴らす気圧の唸りが、小さな音をかき消していた。

それでも、彼が何を抗議したいのか、何を主張して、警官たちの何を悪質だと訴えているのか字幕があたっているように理解できた。

〈どうして店の前で止めるのか〉を、彼は問題にしているようだった。

クルージングスポットの前で職務質問の待ちぶせをすることがアウティングになる可能性について、警官たちが理解するとは思えなかった。

警官たちからしてみれば10メートル先の曲がり角で待っていたとしても大きな違いはないし、合理的に考えれば、建物のすぐ脇にパトカーを止めて待つことが妥当なはずだった。

それなのに、待ちぶせをするならせめて距離を置いてほしいと主張することは、むしろ後ろめたさの証拠のようで、当然警官たちは笑いを殺すような表情をしていた。

やがて彼が本気で主張をしているのだと察していくにつれて、警官たちは目をみて頷きはじめた。

それは態度をやわらげたというより、ディベートの姿勢に切り替えるためのようだった。

抗議をしている彼はすでに店の前で止められているのだから、恥ずかしさを解決することが目的なら、諦めて速やかに応じるのが普通で、そうしないのはただ警察に対してどうにかクレームを言いたいだけだとしか受けとってはもらえないような気がした。

それでも怒っている彼の姿には、やっぱり目を惹くものがあって、私は自然と、どんな方法であればこちら側が勝てるのかをシミュレーションのように考えはじめた。

〈いいから黙れ〉とコマンドを送るように、中年のほうの警官が神妙な顔で頷いた。はじめに彼と話していた若い警官は、ロボットのように威圧的な態度を崩さなかった。そのせいで男も余計に強気な姿勢をとりはじめた。

中年のほうの警官が理解のある雰囲気で二人を仲裁しているように、私の場所からはみえた。

彼が財布を丸ごと渡した。

若いほうの警官が受けとって、ポケットやカードケースの隙間を執拗に確認した。

それはあえて彼の主張をシャットアウトするために集中するふりをしているだけのよ

うで、単純に謝ることに慣れていないのか、それとも片方の警官が強気に、もう片方が理解あるふうに装うのが二人組で行う職務質問の基本的な布陣なのかもしれなかった。

財布を返すとき、若い警官が何か言った。

彼が応え、それにまた警官が何かを返した。

彼の声は、言葉が聞きとれないながらも、怒りを滲ませた大きな声になっていった。

「『いかがわしい場所を選んで声かけしてる』ってなんですか？」

そう繰りかえしているのが、だんだんと理解できた。

怒鳴っているのとも違う、何かを抗議しながら着々と大ごとに仕立てていくような口調だった。

私は口笛を吹くようなかたちに唇を絞っていた。

観戦している気分だった。

自分が扇動されていくのがわかった。

ただ口論しているようにもみえる三人の男を避けながら、その場を通りすぎていく人々も、歩みを止めないまでもあきらかに彼らの口論に注意を向けて、速度を落としたり、その顛末をなごり惜しそうに振りかえった。もしかするとドアに景色が切りとられているだけで、本当はすでに何人かが遠まきに観戦をはじめているのかもしれなかった。

彼がその気配に動じることはなかった。決して攻撃そのものを予感させる動きかたをしないまま、まるで遠くの観客にもわかるような明確さで、彼は怒っていた。

すべてを中断させるために、警官は彼をみつめて頭を下げた。そこには営業的な笑顔が浮かんでいて、謝罪ではなく、あくまで感謝のための礼だったのだろうけれど、彼もそれ以上は騒ごうとしなかった。

階段に隠れていたはずの私は、気がつくとガラスの扉に手をかけていた。両腕を組んで、その肘が扉をゆっくりと押し、半開きになった扉からそれを眺めているような状態になっていることに、彼と目があって気づいた。

まるで待ちあわせていたような様子で歯をのぞかせ、彼が微笑んだ。微笑みながら小走りに追いつき、私たちは駅に向かって歩きはじめた。

警官が、私を引きとめるように肘に触れた。瞬間的に自分でも驚くほどの力で手を振りあげていた。

ぶつけて振り払ったうえで、まるで汚いものでも躱《かわ》そうとしただけだと示すように身を引き、微笑んでいた。

自分のなかにここまでの挙動があったことを、それまで知らなかった。

彼の扇動が、私にも伝播《でんぱ》しているのかもしれなかった。

さっきまでの災難をねぎらい、最近警察がよく待ちぶせしているという情報を共有しあうのにまじって、降りはじめた小雨に悪態をついて笑った。

二人とも歩くのが速かった。自分ひとりで歩いているのと変わらない速度で心地よかった。

お互いの名前を自己紹介しながら、地下で触れあっているあいだにどのくらい興奮していたのかをお互い言葉にして伝えあった。

小雨はすぐに止みそうだと、彼はスマートフォンの雨雲レーダーをみせてくれた。お腹が空いていると私は応え、彼もそれに同意した。

坂をのぼった先の十字路を右に曲がって、さらに坂をおりたところにあるハンバーガー店がオープンしたことを話して、その店の丸椅子に座った。

U字形のカウンター席が並んで、テーブル席は一つもなかった。床は正方形の赤いタイルがチェス盤のパターンで貼りあわされて、ピンボールマシンを模した食品チケットの販売機が設置されていた。

都心部に飲食店ができるとき、中東や北欧のような雰囲気が好まれていたのは少しまえまでのことで、いまはもう、古き良きアメリカを再現したものばかりが増えていた。

窓からみる限り雨はもう止んで、曇った空が遠くのビルを青い柱のように霞ませていた。かろうじて鮮明にみえる距離の建物に、デジタルサイネージの映画広告が光っていた。

昔のアメリカンコミックを何度も実写化し、本来共存しない世界線のキャラクターを抱きあわせては使いまわしているその映画を、私も彼も観ていなかった。

マルチバースなんて、すでに金が集まるタイトルを不動産みたいにころころ転がすための言い訳だと彼は馬鹿にして、私もそれに同感だった。

だけど観ればそれなりに楽しいこともわかっているし、お互いのこともよく知らないから、次にもしデートをするならちょうどいいかもしれないと、私は誘うでもなく口に出してみた。

悪くないかもしれないというような返事をしながら、彼はポテトに赤いケチャップをかけた。

「ゲイ?」

「そうだよ」

私はそう答えてから、ついさっき彼が教えてくれた名前を使って、おなじことを聞きかえした。

彼はさっきより声を小さくして「バイ」と答えた。

恥ずかしがっているのではなく、私の声量にあわせているのだとわかった。

「コーラ?」

「飲もうかな」

「男と女どっち寄り?」

「やれるのはどっちでも。どっちかに本気になるなら絶対に男だけど」

そんなに誠意をみせようとしなくていいと笑いたくなるほど真剣な目で私をみつめた。環境か性質か、期待を損ねることを恐れて育ったのかもしれないと思った。

私は一本足の丸椅子を回転させて、背後の赤いボタンを押し、千円札を差しこんでコーラの券を二枚出した。

「あとで返す」彼はそう言いながらチケットをカウンターにリレーした。

私と彼はいつも同時進行だった。

一つのことを進めるあいだに、まったく別の目的を何の遠慮もなく実行していける関係性へ自然と流れこんでいた。

一人の男と親密になるときの雰囲気を思いだしていた。

地上で待ちあわせ、地上で映画を観て、食事をして、地上のホテルに入る。そんなありきたりの過ごしかたを、私は彼と繰りかえすようになった。それぞれ別の業種だったけど生活パターンに大した違いはなくて会うのは自然と週末だった。

それまでなら〈ファイト・クラブ〉で過ごしていた時間だった。

何度目かのセックスをしたあとで、彼が私の唇を褒めた。

「おなじミックスの唇でも、ここに一本線が入ったみたいにパキッとした輪郭の人もいるけど」

指で唇の上のあたりをなぞった。

「ほら、唇色の細胞と皮膚の細胞が溶かしこまれたみたいにグラデーションになってるから、柔らかい印象がして珍しい」

不快には感じなかった。

そこまで微細に観察されているのに、むしろ存在を許されているような安心があった。


ミックスの唇。

一本線が走ってたみたいにパキッとした輪郭。

反芻しながら思い浮かべた。

唇のエッジと、髭の毛穴がある部分との中間に、つるつるとした素肌が線のように剝きだしている口元は、動くたびにその唇でも髭でもない中間部分がわずかに光る。刺すように冗談を言って、その最中にも唇の輪郭を光が滑らかに移動した。唇が結ばれるたび、目頭がぱっくりと裂けた目を輝かせて私をみつめてきた。

「こういう唇?」

私がみせたのは、いぶきの唇だった。

更新されないままのアカウントから適当な写真を選んで、二本指で拡大しながら彼にみせた。

「知りあい?」

「うん」

彼はしばらく画面をみつめていた。画面いっぱいに映しだされた唇だけではなく、写真の端に表示されているアカウント名や投稿日時まで、目で追っているようだった。

「俺より格好いいよ」

彼がいぶきに惹かれている。その可能性を考えながらも、私はさらに勧めていた。

嫉妬することは全くなかった。


自分と顔が似ている有名人のことを無意識に応援する人がいる。

私がはじめていぶきの写真を他人にみせたときの感覚は、それに近かった。

私にとっていぶきは実在する他人ではなく、好きな男に暗示をかけるための道具として、吸収されはじめていた。顔にかざしていないだけで、ほとんどフィルターのようだった。

いぶきと出会ってからのすべての経緯が抹消されたように、そのときだけはすんなりと、写真のなかのいぶきを誇っていた。

ほとんどの恋愛が失恋の穴埋めなのだとすれば、彼が私に出会ったあとでいぶきに些細な失恋をしても、それは逆の順序で、いぶきに失恋したあと私に出会うのとおなじように、すこしも熱を損なうものではないという確信があった。

「そっか」

彼は肯定も否定もしないまま、こっちをみて頷きつづけていた。


日ごとに、彼の指が止まるところは違った。

粘膜を使い果たしたあとでまだ力の残っている手をさらに使い果たすように、彼は私の表面を撫でた。

そのたびに私の体から細部がひとつずつ検出されて、二人のあいだで共有された。

私自身がはじめから知っている特徴は、驚くことにほとんどなかった。自分の肉体にそこまで細かい思いあたりがなかった。

ただ、彼が基準にしている誰かには、思いあたることがあった。

彼がみいだす細部には、他の誰かと比較しているような、基準が感じられた。

それは単一な男ではない。私とおなじような男に設定されている感じがはっきりとした。


明確に比べるような口ぶりがこぼれたのは唇のとき一度だけだったけど、それ以外のときにも、何となく言葉の裏から、ほかのよく似た誰かを知っているからこそささいな差異を知ることができているのだろうという目敏《めざと》さを感じた。


鼻の脇を押さえられた。たぶんここは眼鏡を支えるための部位だろうとぼんやりと思った程度の、私にはこだわりのない部位だった。

彼は二本の指に挟んで「窪みがない」と言った。

「まっすぐに通ってる」

あらかじめまっすぐに通った部分をあえて「〇〇がない」と捉えるのは、平らではない誰かに触れたことが、きっとあるからだった。

そうした言葉の端々から、彼が基準に用いているはずの誰かを思いうかべるとき、それはどこかでいぶきの特徴と符合するようだった。

よみがえった記憶が、そのたびに、鼻を突きぬけるように私を襲った。

なぜそんなに顔を触るのかと笑いながら聞いたとき、私もまた彼の顔をよく触っていることを指摘されて驚いた。

癖は、どちらが先に似ていったものなのか、そのときはまだわからなかった。


彼が猫のように私の体に乗って、上目づかいでこっちをみた。

指で唇に触れると、吸いつかれた。

これだけ頑丈な体にも服従したい欲望が眠っているのだとあらためて思い、そしてそれが叶えられるケースが少ないのかもしれないと想像した。

自分の役が固まりつつあった。


はじめはラブホテルに数時間だけ滞在することが多かったのに、次第にセックスそのものよりもそのあとの静かな時間が長くなっていった。

オリンピックの開催が近づいている時期だった。次々と新設されはじめた観光客用のホテルを選ぶようになった。

先にどちらかが予約をして、経年劣化をまったく感じさせない部屋へチェックインしてから、もう一人が半額を紙幣で渡した。

外で遊び、日付けをまたぐことも多かった。

自然とセックスそのものの頻度は減って、ただ一緒に過ごすだけの関係に変わっていくまでに数週間もかからなかった。

多くの恋人たちが交際するまえからその最中に経ていくプロセスを高速で過ごして、けれど別れは訪れなかった。

私も彼も、そういった段階のひとつひとつを宣言したり確認したがるタイプではなかったし、会った回数は、いぶきと会った回数をいくつか超えたぐらいだった。

もし私たちに別れがあるとすれば、破局というより霧散に近いはずだった。


「痣ができてる」

ある夜、胸元に鼻をかすめた彼がそう呟いた。

暗い室内でも、窓のほうを向くと体がほんの少しだけ青く浮かびあがった。

薄い光の下でやっとみることのできたそれは、よくみると中心に血の色が滲み、皮膚の色とかけあわさってようやく他の部分よりも濃くなっている程度のものだった。

「よくみえるね」

真っさらな紙にインクの粒子がだんだんと密集してグラデーションを作っていくように、私はその頃、ふたたび地下を回遊しはじめていた。

交際はしていない。

だから、責められる必要はそもそもまったくない。

なのに私が居心地の悪さをおぼえたのは、彼が不機嫌になるどころかむしろ期待に目を輝かせていたからだった。

最近は男どうしで痣を残すことが流行っているのかと、彼が私にたずねた。

その口ぶりにこもっていたのは怒りや軽蔑ではなく、まるで博物館のジオラマを眺めながら生物の生態系について問いかけているような好奇心だった。

男たちのあいだで痣が流行している。

彼はそう感じていた。

そのまえは潮だったと彼は記憶している。

内臓を犯すことの成果を求めた男たちは、犯された男が潮をふくことを求めはじめた。潮の成分が何かは問題にされず、それは視覚効果のように流行した。

そしてさらに、刺激を形にして残すことを求めた男たちは、唇をつかって相手の毛細血管を破りはじめた。

そうして皮膚の表面に痣を残すようになったのではないかと彼は考えていた。痣なら、ポジションの凹凸にかかわらずどちらの側からも平等に与えあうことができる。

潮のように、一時的な視覚効果にとどまらず、相手の体に長時間記録される。そうしたくなるのは相手を忘れたくない場合かもしれないと彼は推察した。

不特定多数の男たちと回遊をするとき、記録は残らない。記録を残したくないからこそ、クルージングスポットを利用したのだとしても、あとから気が変わることは充分にありえる。

教会で誓いあうことを諦めた男たちでも、一時的な快楽をひそかに記録したいと感じれば、実験用のネズミに蛍光マーカーを注入するように、あるいはマッチングアプりでお気に入りをマークしておくように、男たちは痣を与えあっていくのかもしれない。

やがて、知らない男に痣がついているのをみて、それを別の男による価値保証だと考えるようになる、と彼は想像した。

「でも、痣があったら怖くない?」

私は聞いた。

私は怖かった。

警戒色のように痣を浮かべた男を思いだしていた。

私が痣だらけにしたあの男が、闇のなかから現れたときの恐怖を覚えていた。

けれど、その怖さは昔の傾向かもしれないと彼は答えた。

男たちが衛生的な直感から無垢なものに惹かれていたのは、ただ汚れが自分の体に移ることを恐れていたからにすぎなかった。

薬でウィルスを防ぐことが一般的になって、その傾向はさらに薄れてきた。

そもそも痣は、いくら触れても感染しない。

彼が地下でみたいくつかの痣は、ほとんど二次元のマークのようだった。

そうして痣は男たちのあいだで贈与されるライクボタンのようなものになった。

しかも一人につき一つだけではなく、範囲があればいくつでも残すことができるから、ウィルスよりも爆発的に男たちのあいだで流行していくはずだと、彼は考えた。


私は黙ったまま、例外の男たちを思った。

はじめから痣をもった男も存在する。

一方的に痣を残された男もいる。

私の痣は、目を凝らさなければほとんどみえない。

迷いなく、彼がそこに触れた。

痛みはないのに、透明の指が肉に侵食してくるような奇妙な余韻があった。

彼は、言葉にならないコンセンサスを共有することにより強い興味をみせていた。

おそらくは彼の性質が関係していた。

密閉された場の文脈や熱狂へ、彼は極端なくらいに染まった。

染まる気質は、彼の場合には才能でもあるようだった。

遊びについて行くたび、彼は友人にばったり会い、その確率の高さは信じられないほどだった。

どこで知りあったのかを私に説明しようとするたび、すぐに笑って、そんなことはどうでもいいんだと思いなおした様子で首を振った。

階級も系統も年齢も性別もばらばらで、紹介されて挨拶を交わしては、すぐに踊る人々の渦にのまれるようにはぐれていった。

「本当は名前覚えてない」

「誰かわかってない」

相手を見失ったあとで、そんなふうに耳うちされることもあった。

フロアにできた男女の波のなかで、彼は帆のように止めどなくなびいた。はぐれないように、私はよく彼の両肩に手を置いた。

電車ごっこの陣形を組んで、気まぐれに動く体そのものに、手を引かれた。

音楽が変わるたび、誰かがやってくるたびに、彼は火のように猛り、これといった対象がない時間には、俯いて音楽に没入した。

そういうタイムテーブルの隙間のような時間には、たいてい歌もリズムもない音が満ちていて、彼は飲みかけのプラスチックカップを胸の中心につけて、腰を揺らした。左手で空気を撫でながら、その流れを把握しつづけるようにゆらゆらと動かしていた。

深夜を越えて、もう誰も他人を気にする余裕がなくなった頃には、手を取りあって揺れた。

密集した私たちの頭上を、壁から噴射するスモークが荒らしていった。明滅するライトをスモークが遮って、人々の肌がまだらな濃淡に包まれていった。海や木々の塊に共通するような、どこからが境目かわからなくなる複雑な模様に、そこにいる全員がのまれていた。

手を伸ばすと、私の肌もあたりまえにそこへ溶けこんでいると確かめることができた。

誰かのネイルや、彼のピアス、遠くで閃くスマートフォンのフラッシュが、点々ときらめいていた。

一度、抱きあっていると硬いものが腰に触れていた。

密着させた腰を揺らすたび、それはぶつかったまま私の骨盤を押した。

彼のベルトのバックルかと思っていた。

何人かの男や女が血を流したのはその直後だった。

はじめにうずくまったミニスカートの女がみえた。

剝きだしの腿から血が流れていた。

友人らしい男が傷口にペットボトルのミネラルウォーターをかけ、パーカーを脱いで傷口にあてがってから、頭を抱えこむように抱きしめた。

女の顔はみえなかった。

ほかにも、腹を刺されたらしい男や、背中を切られたらしい男が階段で怒鳴っていた。

怪我をした全員にはっきりと意識があって、重傷というほどの怪我はしていないようだった。

素足や腹を無差別に切りつけられたのだと、知らない女が話していた。

「こわ」

隣の女が露骨に顔をしかめた。

けれど、ほとんどの人々は踊ることをやめなかった。


空が薄青くなって私たちはホテルに戻り、彼はベッドに沈みこんだ。

私はシャワーを浴びにいった。

浴室の扉を閉めて鏡のまえで服を脱ぐとき、ダウンジャケットから綿が溢れていることに気づいた。

まるで刺された傷口から透明な腸をぶら下げているように、絡まって紐状になった綿がこぼれていた。

引っ張ってみても千切れるどころか、さらに大きな塊と内部で絡まっているせいで指に食いこんだ。

ゆるく指に巻きつけて、無心で穴に押しこんでいた。

骨盤に指が触れたとき、飛びあがるような痛みが走った。

シャツとデニムを捲ると、骨盤の尖った部分、彼のバックルがぶつかっていたはずの部位に、数ミリ間隔の細かい切り傷が並んでいた。


「親が倒れた」

彼にそう嘘をついて、ホテルをあとにした。

タクシーを捕まえて、自宅に向かって走った。

橋のうえの赤味を帯びたライトが、デニムやダウンの表面を縦横無尽に撫でていた。

目を閉じると、ライトとスモークの中、まだらな濃淡をまとった彼の手が、刃物の光を素早く走らせていった。

迷彩色の男が、脳裏に浮かびあがった。


〈さっき病院ついた〉

〈ひとまず大丈夫そうだった〉

メッセージを送った。

一人の男がヘイトクライムを常習化させていると確信したとき、簡単に逃げたり戦ったりできないほど親密になっていた。


次の休日、一人で地下鉄に乗った。東京の東へ向かっていた。

人形町。

東日本橋。

浅草橋。

電光掲示板に赤く表示されては消えていく駅名のなかから、いちばん古めかしくて日本的な情緒を感じられる駅を選んだ。


雨が降っていた。

日曜の昼で、周りをみれば観光客で賑わっているのに、その店は誰の視界からも抜けおちているみたいに人の気配がなかった。

包丁をかたどった看板に、店の名前と英語名が刻まれた、どこにでもあるような古い刃物店だった。

防犯カメラのようなものは一つもなく、店先にせり出したラックから商品を盗まれてしまいそうなほどだった。

店台の頭上にテレビがあった。わずかに表面が膨張したブラウン管に、バラエティ番組で店が紹介されたときの録画が映っていた。

まな板の上で魚が解体される。

驚きの声があがる。

店で一番大きな包丁が木箱から取りだされる。

スーツを着た二人組が、プラスチックでパッケージされた包丁を振りかざして遊びはじめた。

〈危ないよ〉

〈本当に刺されそう〉

真っ青な明朝体のテロップが、それまでの台詞よりも大きく表示された。

例えばこれが録画されたバラエティ番組ではなくリアルタイムのニュースだったとして、誰かが刺殺されたような事件が扱われていたとしても、私は購入をためらう必要がなかった。

ありふれた凶器は誰からも親しまれ、どれだけ使われかたを誤ったとしても、存在そのものを危険視されることはない。

流通していた。

彼に似ていた。


セロハンテープの跡でいくつも汚れたガラスケースに、サイズの小さな包丁が並べられていた。

柄の部分を含めても、手のひらからぎりぎり超えるくらいに小さかった。

あらゆるスティグマを照りかえすように、色のない光を放っていた。

皺々した店主の手によって、それは丁寧に薄紙に包まれ、厚紙の箱に閉じこめられた。


財布に、みなれない折りかたの紙幣が溜まっていた。

ホテルに泊まるたび、彼と紙幣を交換しあって、もう何枚貰ったかわからない。

何枚かを取りだして、払った。


雨が降りつづけていた。

ビニールでできた帳《とばり》の向こうは、傘がひしめいていた。

その隙間から聞こえてくる声には知らない言語も混ざっていた。

店をあとにして、私は顔のない群れに流れこんだ。


迷彩色の男が私にみせたパターンは四種類あった。

〈恋人〉としてのパターンをあらわすのは二人きりの空間にいる瞬間だけで、不特定多数の人間に開かれた場では〈仲間〉としての姿を保っていた。

それは私にとっても都合がよかった。

ホテルの一室から通路へでるときに〈恋人〉から〈仲間〉に擬態して、エレベーターの扉が閉じるとまた〈恋人〉に戻った。

地上に降り、タクシーに乗り、扉をくぐるたび、彼は空間ごと脱いでいった。


はじめに出会った日には〈単一な男〉として回遊していた。

あとになって「ああいう場所にはあまり行かないから」と、すぐに捨ててしまった。

警官に吠えかえしてまで保持したいようにみえたその姿を、あっさりと捨てた。

迷彩色の男が四つ目のパターンを現したのは、冬から春に変わってすぐの夕方だった。

季節が移るとき、人も動く習性があるとわかっていたはずだった。必ず集団になって一箇所に集まるのだから、賑やかな場所には最初から注意しておくべきだった。桜がすでに満開を越えていて、次に会うときにはもう終わってるだろうし、せっかくだからと行列に交じっている途中で、抜けだせなくなった。

提灯がみえなくなるほど遠くまで連なっていた。通りに面している小さいアパレルブランドや古着屋、スキンケアブランドなどの店舗は、店内に酔っぱらいたちがたむろすることを予測して臨時閉店していた。

開店しているのは飲食店だけだった。どの飲食店も入口の階段や駐車スペースに屋台を仮設していた。

行列の進みは遅いのに屋台のメニューが読めるようになるのはすごく近くに迫ってからで、気を惹かれはじめるうちに通りすぎてしまうような状態だった。

喉が渇ききっていた。

行く予定だったクラブイベントのはじまる時間が迫っていた。

遠回りになるけど、まっすぐ行くのはやばそうだから、もうひとつ区画を越えたら抜けようかと話していたところで、人の流れは完全にストップした。

じっと立ちどまっていることは辛く、気を紛らわせるための会話も、どこかに設置されたスピーカーの声に邪魔されつづけた。

いてえ、という男の叫び声が近くでして、彼の意識はそっちへ泳いだ。

私たちの立っているすぐそばに、頭を濡らした若い男が立ち尽くしていた。子供や青年と呼んでもいいくらいに若い男は、自分の身に何があったかを確かめるように、怯えた手で頭を撫でた。

額から、大きな水滴がいくつも落ちた。今まさに濡れたばかりであることは明らかだった。

さっきの「いてえ」は水を浴びた衝撃で反射的に叫んだのだろうと、周囲にいた私たちも遅れて理解した。

液体は泡の塊をいくつも含んでいて、ビールか何かのようだった。

泡は滑るように流れて、男の髪を右側だけべったりと寝かせていった。

濡れた男が犬のように頭を振って、泡を払った。周囲に密集した人に構わず、むしろ周りの人間にも飛沫を浴びせようとしているほど激しく髪を指で掻きまわした。言葉にできない怒りをそのまま第三者にも与えようとする勢いに、周囲の私たちに緊張が走った。

肉体的に男を止めることができそうな人間は、私と彼くらいだった。けれど男は一人きりではなくおなじくらい若い男たちの四人グループだったから、もしも彼らがまとまってトラブルを起こせば、誰にも止められないだろうことは明らかだった。


ビールをかけた犯人を探すように、若い集団は真上を睨んだ。

私たちのうえには、桜と、飲食店の二階にあるベランダ席しかなかった。

花見の季節になると一帯の飲食店が普段の数倍の価格で貸切営業を行うようになるから、通りのいたるところで、桜に金を惜しまなくていい男や女が窓から顔をのぞかせていた。


男が酒をかぶった真上でも、そういう客が騒いでいるはずだった。

ベランダ席の手すりの隙間で、倒れたシャンパンボトルがゆらゆらと揺れていた。

男の頭にかかったのはビールではなくシャンパンだった。二階のベランダにいる誰かの手か肘が、飲み残したシャンパンのボトルにぶつかったようだった。

こっちを見下ろして謝る人はいなかった。そもそも上では誰も、下で誰かがシャンパンを浴びたことにまるで気づいていないようで、空のボトルだけが落下するギリギリのバランスで転がっていた。

シャンパンを被った男は、すでにTシャツのほとんどが染みて変色していた。酔っているせいで目元を赤く染め、怒っている姿と不穏な似あいかたをしていた。私はそこで、迷彩色の男にも変化がおきていることに気づいた。彼のシャツにも、いくつかの飛沫が染みをつくっていた。男の振り払った水滴だった。

彼は両手を腰に当てたまま、しばらく四人グループをまっすぐ眺めていた。しばらくすると眼球が落ち着きなく動き、首が小刻みに上下した。震えているのではなく、頷いているのだった。四人グループの話に同調するタイミングを窺っているのだとわかった。

そして唇がゆっくりと微笑んだ。

彼と、濡れた男の目があったようだった。

睨みかえすように警戒心をもった若い男の顔が、奇妙に融解して微笑みに変わっていった。

彼が、濡れた男に飲みかけたコーラの空き瓶を差しだすと、もう片方の手で手をとって握らせた。

子供に箸を握らせるように、両手で教えた握らせかたは、普通の瓶の持ちかたではなくダーツのような持ちかただった。

彼が上に向かって指をさした。

後ろから手を添えて、瓶をダーツのように二階席に投げさせた。

瓶は放物線を描きながら浮かび上がって、二階の手すりを余裕で越え、だんだんと速度を緩めて落下をはじめた。

ロケットの煙のように少ない中身を吐きだしながら、コーラの瓶はベランダに着地した。

陶器か金属にぶつかるような音とともに、上で悲鳴があがり、こっちでは歓声があがった。

四人グループは彼とともに喜びながらも、自分たちが想定する以上の反撃を実際に起こしてしまったことに、漠然とした不安と恐怖を感じているようだった。

酒に酔った不快感を酒で誤魔化すように、仲間たちもポケットから取りだしたレシートの塊や落ちているペットボトルの蓋を真上に投げた。

ベランダに届いたゴミも、届かずにもう一度人混みへと消えていったゴミもあった。

路上と上層階に分断した桜並木のなかで、迷彩色の男が〈下層にいる若者〉に混じって遊んでいた。

濡れた男も、濡れてない男もすぐに額に汗を浮かべ、しきりに手で顔を拭った。

汗で濡れていくのは彼らだけではなく、私や他の人々もおなじだった。

渋滞した行列は進まないままだった。

ふいに彼が、濡れた男の耳元で〈押しちゃえ〉とそそのかした。

濡れた男は、自分に聞こえたことがまるで信じられないような顔で、耳をもっと近づけて聞きかえした。

彼は両腕をかかえ、前に向かってタックルするようなジェスチャーをした。そしてそれは実際に前の背中に触れた。

怒っていた名残りを使いきるように、前にいる誰かの背中を肘でゆっくりと押した。

グループの仲間たちも、すぐに真似をした。

そして彼も、前に寄りかかるような姿勢のまま、たまに全体重を傾けて渋滞を押した。

「押せ」

「押せ」

彼らは笑いを交えてそう囁きながら、だんだんとリズムをとって前の人々を押しはじめた。

「ちょっと動いた」

「もっと押せる」

少しずつ、渋滞していた列が動きはじめ、そのことに圧倒されるような声があちこちから聞こえた。

突然に動きだした渋滞へあわててスピードを合わせるために、後ろにつづく人々もぞろぞろと前に進みはじめた。

なんだ、動いたじゃん、と拍子抜けするような雰囲気が背後から漂ってきた。

力がすべてを解決したような全能感が場を支配していたのは数秒のことで、すぐに大きな衝撃とともに雪崩が起きた。

手すりや電柱に手を伸ばすことができる範囲以外では、立ちあがるために、人が人を手足で押さえつけ、踏みしめていた。

どよめきが静まると、ずっと先の方で止まない悲鳴があった。

橋の欄干から、細くて若い脚が飛びだしているのがみえた。

みえない炎に炙られているように、脚は必死に宙をかいていた。ビーチサンダルが滑って、干上がりかかった浅い川へと落ちていった。

何かの拍子に欄干の隙間から飛びだしてしまった脚を残して、体だけが圧し潰されていたのかもしれなかった。

脚はやがて力を失って、何人かの手によって欄干から引き抜かれ、みえなくなった。

約束の会場について、彼がいつも顔をあわせるグループと合流したところで、誰かが声をあげて、ネットニュースを要約した。

花見客が渋滞して小さな子供が圧死したという内容に、輪になって話していた全員が悲しそうな表情をした。

その渋滞にさっきまでいた、と彼が興奮気味に答えると、彼の友人たちが声を漏らした。

退屈しのぎへの期待を、悲痛さでコーティングしたような声だった。

反応をみたうえで、彼も興奮を、悲しみに塗りかえて語りはじめた。

「めちゃくちゃ混んでたんだよ」

「最初から怖かった。これに間にあわなくなるし」

「で、結局動けなくなって、まじかよって、全然進まないから、おせおせーい、みたいな感じで」

小手先で虫を払うような動作を交えて、あっけなく明かす様子に深刻さはなかった。

すぐそばで私が目にしていたことをまったくなかったことにしているみたいだった。

数秒間だけ空気がぎこちなく凍って、視線が彼の後ろでボディガードのように立っている私に集中した。彼の話が深刻なものではないと知らせるために目配せすると、すぐに空気が和やかに戻り、「言ってたんかい」と一人が笑った。

「言ってた、なんなら言ってた」愛嬌のある笑顔で彼は何度か頷いてみせた。

「もちろん冗談で。でも近くの若い男とかで本気で押してるやつとかもいたんだよ。こいつら狂ってんなと思ってたら、やっぱり一回でかいドミノ倒しになって、まあそのときは、誰も何もなかったんだと思うけど、きっとその後でも何度もおなじことが起きて、もっと悲惨なことになったんだね」

最後だけゆっくりと、声色を落ちこませていった。

「一緒になって押してた、とかいうオチじゃないよね？」

笑いがおこった。

周囲の鈍さが、迷彩色の男を助長していった過程を、その夜は鮮明にイメージできた。

彼は自分のスマートフォンでニュースサイトを開いた。

親指はトップのまとめをスライドしつづけ、人身事故によるダイヤ乱れの速報や、青いCG空間にポリゴンの人型で再現された殺人現場を飛ばすようにみていった。

「若いときって最初から機嫌悪いしね」別の誰かがまとめるように呟いた。

「たぶん元々怒りをコントロールできなくて、そっから人が混んでること自体に、怒る方向が、こう……」左右の手刀で仕切った透明なルートを、右へ、左へと方向転換させるようなジェスチャーで、その友人は何かを伝えようとした。

彼が、もっともらしい深刻さで同調した。

「そう、怒りを屈折させ……」

彼がそこまで言いかけたとき、メンバーの一人が知人を連れて戻ってきた。

私も彼も、知らない男だった。

彼は男の全身を上から下までみつめてから、目尻で笑って、握手をした。

その様子をみて、私は、ずっとまえにみた青い光景を思いだしていた。

12月23日の地下で、最後にいぶきをみたときの光景だった。

闇のなかから迷彩色の男が現れ、彼がいぶきに接近した瞬間のコマンドを、ずっと忘れていた。

鼻先を胸先にかすめ、獲物の匂いを嗅ぐように、彼は全身を眺めまわした。

〈知らない〉というコマンドだった。

そのことに気づく瞬間まで、私はどこかでいぶきが襲われた理由を愛着か憎悪によるものだと思いこんでいた。

彼といぶきのあいだに過去があると確信していたのではなく、ただ単一な男だと油断していた。

迷彩色の男をそばでずっとみつめながら、どこかでその真皮を単一に想定していた。


単一な男なら、無垢なものを好む。

だからきっと、もっと淡く、もっと儚い肉体を選ぶと思っていた。

けれど実際は、そこから遠く離れたいぶきが選ばれた。

それには理由があると、疑わなかった。


すべて順序が逆だった。

彼のなかではいつも方法が先にあったのだと思う。

そのマスにいぶきが入っただけだった。


いぶきに刻まれていた言葉は〈ココア〉。

愛していなくても、憎んでいなくても〈ココア〉だった。

意味を求めすぎた。

あの夜、そこに意味が存在しなくても、肌を簡単に傷つけることができたのだと思う。


ただの視覚効果だった。


あの夜はまだ、彼はいぶきのことを〈知らない〉。

だからその体をまんべんなく眺めていた。

私の目には映らない、その肌のごく淡い警戒色を数えていたのかもしれなかった。

それは私が残した警戒色かもしれなかった。私が直前に破った毛細血管が、ちょうど色づきはじめたのかもしれなかった。

すべては青く、もうここには存在しない。

いぶきはもういない。

私を通して、いぶきについて知れることもない。幼くて賢い迷彩色の男がそのことを察しはじめているのなら、私を捨てるのは今夜か、遅くても次の夜かもしれなかった。

ホテルに戻り、浴室からシャワーの音が聞こえはじめると、私は誰もいない部屋のすみに取り残されたリュックを開いた。

会社にも、どこにでも、おなじリュックを使いまわしていた。

無地で凹凸もほとんどない、誰にも笑われないためにデザインされたようなリュックには、一つだけ小さな金属のプレートが縫いこまれ、ロゴが刻印されていた。その刻印だけで普通の十倍ほどの値段が付けられていた。

ボーナスにあわせてローンを組んで、リュックを最新のコレクションに買い替えたのは、いぶきに会っていた夏頃だった。

書類で膨らんだファイルやコンセントを入れた巾着が、いつもどおりに詰まっていた。

私は背中の方にあるポケットに手を伸ばした。

指先が厚紙の箱をつかんだ。

「おいしょ」

声を出してみるとなぜか、その空間に自分しかいないことを確かめられた気がした。

リュックの内側で、ぴったり閉じた箱を二つに開いた。

薄紙に透けた刃先が落ちて、音もなく書類に挟まった。

セロハンテープでとめられた薄紙は、剝がさなくても筒状に抜きとることができた。

刃先があらわれる寸前まで抜きかけたところで手が止まった。

〈ホモがホモを虐殺〉

一度目にしただけの言葉が、いまも私を監視していた。

刃物を鞘におさめるようにもう一度被せて、内ポケットにしまいなおした。

二人きりでいる限り、私が殺されることはなかった。


次に会ったとき、店を決めたのは私で、予約したのも私だった。

〈ここ日曜日の17時からとれた〉

予定も確認せず、断る余地を与えもしない文面とともにレストランのリンクを送った。

これまでで最も支配的な態度だった。私の役は決まっているのだから駆け引きは必要なかった。


〈急だな〉

〈でもちょうど空いてる〉

彼から返信があって、私たちは待ちあわせた。

ホテルの館内は広く、レストランに着くまでに長い廊下を進む必要があった。歩いているうちに旅行客たちの姿はまばらになって、一つ目の角を曲がると、もう誰もいなかった。

壁に埋めこまれた装飾用の窓ガラスに、青い正装をした私たちの影が映った。ジャケットの内側は滑らかで冷たく、何度も袖を伸ばし、肩を上下させて位置を整えても、ずっと体のどこかにひんやりとした感触が残っていた。

ずっと先に入口がみえた。

扉はなく、重たい縁どりに囲まれていた。

左右の柱には一人ずつ、タキシードの従業員が二人立っていた。

従業員たちは向かいあいながら、お互いのどこにも目をあわせないように瞼を伏せていた。

近づいていくうちに、レコードのような音楽と、食器の静かにぶつかりあう音がはっきりと聞こえてきた。

入口をくぐってもそこはまだレストランではなく、その手前の薄暗いラウンジだった。

ソファやカウンターの裏に隠されたいくつもの照明が壁を照らし、日が沈んだあとの空のように不安定な濃淡を作りだしていた。

暗い空間のなかで、いくつもの男女がペアになってゆっくり踊っていた。カップルたちが、お互いに手を回して密着している姿は、どこか壺のようにみえた。表と裏で色も形もいびつな壺が、ろくろのうえで回転しているようだった。形はさまざまで、細いシルエットも、片方だけが大きなウェーブを描いているシルエットもあった。光に照らされて、タキシードに包まれた猫背や、イヤリングや、額からだんだんと禿げていく髪、ドレスからのぞく筋肉質で華奢な肩がみえた。

そのすみの四角く開かれた眩しい空間に、レストランがつづいていた。

正式な入口は別のところにあって、私たちがやってきたのはどちらかといえば出口のようなところだった。

壁のそばに、男と女が立っていた。スラックスに包まれた両脚と、ドレスに切りとられたふくらはぎは、どちらもまっすぐに直立し、少しも動かないまま一点を眺めていた。手元で、タバコの煙だけがゆっくり動いていた。


何かが異質だった。

そこにいる人々の言葉は理解できるし、姿も私たちとおなじ人間であるはずなのに、服装の様式や些細な挙動が、まるで数十年前からストップしたままのようだった。誰かが手に持っているスマートフォンもオーパーツのように異質な佇まいをもってみえた。

私たちはお互いの服をみあわせた。仕事のためのスーツしか持っていなかった私たちは、数日前に申しあわせるでもなくそれぞれが安いブランドでスーツを買い揃えた。それがその場でどうしても浮いていた。

一番遠くにみえる丸テーブルの空席に、メタリックな予約済の札が置かれていた。

メインの料理を食べているあいだ、コップに水を注ぐ係の男と目があうことが増えていくのがわかった。

そしてデザートがやってきた。

まず目の錯覚かと思うようなのろさで照明が暗くなりはじめた。

みえているものの陰影がわずかに濃くなったあたりで、照明は弱まっていくのを止め、厨房からやわらかい閃光が静かに運ばれてきた。

小さな火花を一本だけ散らしたプレートは、従業員によって私たちのあいだに届けられた。


まばらな拍手が鳴っていたような気がした。

けれど、周囲をみるとすでに誰もが目を逸らしていた。

私たちもまた、サプライズの瞬間を誇張して騒ぐほどには若くなかった。

彼は、歓喜のピークを少しだけすぎた瞬間のまま、あきれたように笑みを噛みしめていた。

私はポケットから箱をとりだして、テーブルのうえに持っていった。

腕を不自然に曲げてグラスを躱しながら、開いてみせた。

クッションに埋まった鎖は、買ったときより少し輝きを失っていて、そのことが気恥ずかしさをすこしだけ和らげた。

消えかかった火花から、夏の匂いがした。

次の季節が近づいていていた。


照明はいつのまにかもとの明るさへ戻っていた。

どういうつもりなのかを聞きだすように、彼は頬杖をついた。

喜びを引きのばそうとするために、怪しむような表情をつづけていた。


「プロポーズ?」

私は首を振った。

「告白?」

「わからない」私は首を振った。

「なんだよ」彼も笑っていた。

断られないために、結局何も提案できなかった。

男が二人で身につけられるアクセサリーにバリエーションはほとんどなかった。予算のことも考えれば選択肢はほとんど残っていなかった。あまり有名ではないけれど、私がリュックを買ったのとおなじブランドがアクセサリーも出していた。鎖のようなアンクレットには、小さいけれど刻印があった。

私の靴に彼の踵をのせて、足首にアンクレットを着けた。彼はおなじように私の足首にも鎖をとめ、二人の脚がそれまでよりも少しだけ似た。

鎖を光らせてみるように、しばらくそれぞれの脚を捻《ひね》った。

私が履いているエナメルの靴先を、彼の靴が踏んだ。きしきしと摩擦が伝わってきた。

空気が静まった気がして周囲をみると、いくつもの視線が私たちをみたまま固定されていた。

すぐに逸れて、もとの空気が戻った。

緩やかさと賑やかさが、また同時に流れはじめた。

カウンターの端で、一人の男がずっとこっちをみていた。

一度は忘れようと思っても、また気になって何度もそっちをみてしまい、そのたびに男が変わらずに私たちを見張っているのがみえた。

彼が男に向かって、咳をひとつ鳴らしてみせた。

弾かれたように男は目を逸らし、窓のほうを眺めながら深く息を吐いた。

男はそのあともしばらく動かず、食べかけのステーキに手をつけようとしなかった。


デザートが溶けていくことも忘れて、私たちは会話が止むたびに、何度もテーブルに乗りだして唇をあわせた。

吸いついた唇や舌が真空をつくって、咀嚼するような音が断続的に鳴った。

部屋のすみの小さな席だった。周囲の音でかき消えているはずでも、すこしずつ雰囲気がぎこちなくなるのがわかった。

祝福に嘲笑がまじり、その割合が増えていくにしたがって、さらにそのなかに嫌悪が一つずつ浮かびはじめた。

まるで気にしないと証明するように、彼の手が、胸のそばの神経を刺激しようと動いていた。

〈やりたい〉と誘う手つきだった。

〈やりたい〉と、私も手を回して伝えた。


〈やりたい〉

〈やりたい〉

〈やりたい〉

その場にふさわしい会話をしながら、同時にテーブルの下で手や脚を触れあい、次第にそれを隠さなくなった。

〈耐えられない〉と表明するように、一人の男が席を立った。

カウンターの端に座っていた男だった。

誰もいなくなった席に、食べかけのステーキと皺くちゃのテーブルクロスが残されていた。

店員の一人が私たちに声をかけるべきか気にしはじめているのを感じて、彼と廊下へ連れだった。

さっき私たちがやってきた出口へ、再び戻っていった。

薄暗い空間は、さっきと全く変わらない人数のカップルたちがいて、そのうちの数人はソファーに腰掛け、上半身を折りたたんで丸テーブルのグラスに手を添えていた。

左右に向かいあう従業員の間をくぐった。

トイレの場所は尋ねなかった。


長い通路を、私たちは何度か曲がって、また引きかえした。

通路が分岐するたび、彼はそのすべてを早足で確認した。

私はその後ろに立って、肩に手を乗せ、電車ごっこの陣形を組んだ。


色々なものをみた。

人の半分ほどある巨大な花瓶に、棕櫚《しゅろ》のような植物が入っていた。

乾燥した葉を編みこんだ椅子に、男が座っていた。

無限につづくチェス盤を描いた抽象画がかけてあった。

庭がみえた。三角や丸に刈り整えられた植物が並んでいた。

簡素なシャンデリアがあった。

振りかえると、通ってきた通路に男の影がみえた。

誰かはわからない。

目があうと、男は道をひきかえして別の方角へと消えた。

意図はわからない。

停止したエスカレーターのそばを曲がると、ようやく赤と青の入口がみえた。


紳士用のトイレに扉はなく、互い違いの二枚の壁が、外からの視線を遮りながら曲がったルートを仕切っていた。

大理石に私たちの影がいくつかに分裂して落ち、それらは一歩ずつ進むごとにだんだんと青く染まっていた。

理由はすぐにわかった。

トイレは内部の壁がすべて青く塗られていた。

まるで〈ファイト・クラブ〉だった。

私たちが会った場所によく似ていた。

プライバシーに配慮した空間に、監視カメラはなかった。長方形の空間に、右側に全身を隠すことのできる個室が二つ、左側に小便器が三つ設置されていた。

そしてもう一人、男がいた。

小便器で用を足しながら、その目のすぐさきにある、青い壁を無心でみつめていた。さっき私たちから目を逸らして不機嫌に席を去っていった男とは別の、はじめてみる男だった。


けれど別の男だからといって、私たちを嫌悪する可能性はゼロではなかった。

それは十分にありえることだった。

ほんの数秒後、私たちは男の憎悪を喚り、最悪の場合にはここで男に狩られる。ヘイトクライムの光景を一瞬でも想像すれば、二度と逃れられない。

あとは、それが実際に起きるまで恐れつづけるか、実行するかのどちらかしか選べない。


あの夜に〈ファイト・クラブ〉で起きたことも、実際にはほとんどの客が一度は想像したはずだった。

脈絡やロジックがどれだけ破綻していても、悪夢をみることは誰にでもできる。

私も、いぶきも、ほかの男たちも、いつか誰かに襲われる瞬間を、あるいは誰かを見捨てたあとの数日や、いつか誰かに秘密が暴かれるときのことを、きっと想像したことがあった。


迷彩色の男も、おそらく想像していた。

あの夜の悪夢は、いつか彼自身がみたもので、その恐怖を手にとるように理解したからこそ、できると踏んで計画したはずだった。

私たちはおなじ悪夢をみたことがあった。

お互いを知るよりずっと以前に、それぞれまったく別の場所から、おなじ悪夢にアクセスしていた。


小便器にいる男の瞳が、私たちの全身を一瞥した。

男もまた、襲う側から悪夢にアクセスしただろうか。

トイレで男同士の恋人に出会う悪夢。

セーフスペースが侵される悪夢。

その一日、いつものように男に降りかかった嫌なことや、それよりずっと前から内蔵していた苦痛をすべてリセットするための回路を、私たちにみいだしたかも知れない。

彼もまた、襲われる側から悪夢にアクセスしたようだった。

私はそのとき、彼の動作がほんのわずかに混乱したのを感じた。

男に一瞥されて、神経の指令に矛盾が生じたのだと思う。

男を無視してさっさと個室に入るか、それとも男が退出するまで一応待っておくかを悩むように、彼の歩みは一瞬だけもたついた。

電車ごっこの陣形をとって後ろにいる私へ、それはダイレクトに伝わってきた。

両肩に乗せていた手が浮くような、不思議な感覚だった。背後に私がいることから意識が逸れたせいで、背中の感触がふわりと柔らいだようだった。

その瞬間がおとずれるまで、いくつものタイミングを逃してきた。

彼が喉仏を突きあげて眠っていた瞬間。

二人きりのエレベーターで彼がもたれかかってきた瞬間。

さっきまで誰もいない通路を歩いているときもそうだった。

ずっと機会を逃しつづけてきた。


悪夢ではない、ただの夢をみたこともあった。

私がいぶきとの関係で失敗したことを、彼とやり直そうと夢みたように、彼もまた、いぶきとの接触でやり残したことを私に仮託した夢をみていたかもしれない。

けれどその先にも、こうして悪夢が待っていた。

怖がるか、実行するかしか、本当にもう残っていない。

襲う側も襲われる側もおなじように悪夢へアクセスできてしまうのだとしたら、次は私が誰よりもはやくそれをみて、最もましなかたちに作り変えたかった。

それは復讐にはならない。なぜなら迷彩色の男を殺すことになるのは私ではなく、小便器に立っている〈知らない〉男だから、正確には私たちは、男に狩られようとしていた。


ヘイトクライムの犯罪者と被害者は、ほとんどの場合に因縁がない。
一、人の恋人と、知らない男。

その青い空間にはあまりにすべてが揃っていた。

青一色に塗られた壁やタイルに照りかえされて、たったいま出会ったその男も、彼も、そして洗面台の鏡に映る私自身も、亡霊のように青い影が憑いてみえた。

あの夜〈ファイト・クラブ〉から逃げていった男たちの姿が重なっていた。抜き型でくり抜いたようにそっくりだった青い人影たち。

私たちもおなじだった。誰からも疑われないほど典型的に男を模して、青い半密室にやってきた三人に、別もそっくりも、似ているもなにも、重要ではなくなっていた。すべてが終わったあと、第三者たちからは、私たちが青い記号にしかみえない。

ジャケットの内ポケットを探って、薄紙に包まれた刃物の柄に触れた。

バナナの皮のように薄紙を剝いで、彼の喉に後ろから抱きついた。

色のない刃先がやっとその喉に埋まり、血をまとって吐きだされたとき、放置したデザートが頭に浮かんだ。

燃えつきた火薬がプレートのうえに横たえられて、細い煙を伸ばしていたと思う。

迷彩色の男は喉から赤いスプレーのような粒子を飛ばし、それを一秒もないあいだに連続して壁に塗りかさねていった。

小便器に向かって走りだすと、靴底が滑った。

血の筋を引いて滑っていくと、〈知らない〉男にぶつかった。

けれど男は倒れず、私もバランスを取りなおした。

揉みあいになりかける雰囲気が、首元に添えた刃物で静まった。


自動で水の流れる音が聞こえていた。

男が抵抗しないことを誓うように両手をあげると、ベルトが揺れながら落ちて、男の脚が短くなったようにズボンが下にずれた。

強張った手がベルトを締め終えるのを待ってから刺した。

抱き締め、下手なダンスのように回った。

タイルの上に派手に転んだ。

一時停止していた揉みあいの気配が、赤い痕跡とともに撒き散らされた。

小さな丸が敷きつめられたようなタイルの溝はすでに二人分の血に浸されて、拡大した鱗のようにみえた。排水溝の近くは尿や水滴で濡れていたせいか、血飛沫がマーブルに溶けはじめていた。

さっきスプレーをまぶしたようだった壁をもう一度目で追うと、バケツをかぶったように真っ赤に汚れ、帯のような太い水滴がいくつも垂れていた。

壁の青色は深みがありながらもどことなくアクリル絵具のような蛍光感があって、真っ赤な血が重なっても暗く濁ることがなかった。尿や糞の汚らわしさを誤魔化すために計算された青が、血飛沫のことも美術品のように引き立てていた。


それほど時間は経っていないと思う。

三人の男が半密室で何をしていたか、誰にもみつかることはなかった。


長い廊下の向こうで、最初に私たちをみつけた誰かが叫んだ。

私たち〈恋人〉はトイレから避難し、大理石にも血溜まりを広げつつあった。

遠くにみえる小さな人影は、また別の人影を連れてきて、それぞれが悲鳴をいくつもあげた。

私たちがいつも出しそびれた叫びを、遠くの男や女が簡単に響かせていた。

その悲鳴が私の意図どおりのものなのかがわからず、鼓動がペースをあげていった。こんなに広い建物の端に、どうしてこれだけの人がいたのかと笑いそうになるくらいに、曲がり角や従業員入口から人々が集まってきた。視界を埋めつくす無数の脚に驚かされた。従業員が私たちを越えて、青い入口をのぞきこんだ。

あの夜の私を客観的にみているように懐かしく感じた。

一つずつ役がずれて、知らない男が〈犯人〉に、彼が〈被害者〉に、そして空席だった〈恋人〉の役に私が、それぞれ迷彩できたはずだった。

包丁は、ひとりで残された男に握らせた。

横たわった男の手をとっていくら握らせようとしても、すでにものを摑む力をほとんど失っていた。

一度はしっかりと握りしめた包丁を、男は血の溜まった小便器に落とした。

奪っていた右腕を解放すると、落とした刃物を追いかけるように陶器に触れ、赤い汚れを残しながら首へ戻っていった。床に血を流しつづける首元へ、力なく戻っていった。

包丁の柄に巻きつけていた薄紙は、男に握らせるまえに慎重に抜きとってから口に入れ、小さな塊になるまで嚙んだ。

むせかえるような血の味を、唾液で薄めて染みこませていった。

吐きだすタイミングを失ったまま、歯のそばに隠しつづけた。


私たちを囲む人だかりは増加を止めたようだった。

迷彩色の男を包むレーヨン生地のうえを血が流れ、撥水されて、縫い目のような赤い点々へと分裂した。

血を汚いと思う感覚は、もうなかった。どこにあっても血は美しかったし、むしろ手のひらに溜まった血が溢れていくときに、新鮮なものを廃棄しているような不安に襲われた。まっさらなのは地面ではなく血のほうだと思った。

重い肉体は、両手で抱きかかえるのが難しいほどで、背中を膝で支え、首を手で抱いた。

本当ならあの夜に知るはずだった重さが、次第に体を痛めつけていった。

顔を近づけると、指で覆われた首の裂け目から、何かが漏れて、頬に噴きかかった。

息なのか魂なのか、それとも肉が膨らみを失っていくときに失われる空間そのものなのか、無色透明で、それは私の顔を撫でてから周囲にいる男女のほうへ還っていった。人々は自分たちが当然のように吸いこむ空気のなかに、それが溶けこんでいるとは理解しないかもしれない。

青い正装、赤い血に包まれた〈恋人〉たちは、いつの時代とも変わらない情熱で祝福された。

撮影された。

流通していった。

撮影されたビデオは、ピントのあわない闇からはじまった。

マイクの表面を指が摩擦し、何かが削られるような轟音とともに、映像は揺れていた。綿やシルクの質感をともなった赤や青の闇から、やがて視界がひらけた。

死体に群がる鳥の群れのような人影から、私たちの姿がみえた。大理石のうえで、手も顔も、服からのぞいている部分はすべて赤く染まって人種すら判然としない二人がいた。

最後に一度だけ、意識の消えかかった眼球と目があった。
周囲の騒ぎに埋もれて、私は耳元で囁いていた。
〈いぶき〉

初出　「文藝」二〇二三年秋季号

安堂ホセ（あんどう・ほせ）
1994年、東京都生まれ。『ジャクソンひとり』で第59回文藝賞を受賞しデビュー、同作で第168回芥川賞候補。

迷彩色の男

2023年9月20日　初版印刷
2023年9月30日　初版発行

著　者　安堂ホセ
装　丁　川名潤
発行者　小野寺優
発行所　株式会社河出書房新社
〒151-0051
東京都渋谷区千駄ヶ谷2-32-2
電話　03-3404-1201（営業）
03-3404-8611（編集）
https://www.kawade.co.jp/
組　版　KAWADE DTP WORKS
印　刷　モリモト印刷株式会社
製　本　加藤製本株式会社

Printed in Japan
ISBN978-4-309-03141-5
落丁本・乱丁本はお取り替えいたします。

ジャクソンひとり

安堂ホセ

着ていたTシャツに隠されたコードから過激な動画が流出し、職場で嫌疑をかけられたジャクソンは3人の男に出会う。痛快な知恵で生き抜く若者たちの鮮烈なる逆襲劇！

第59回文藝賞受賞、第168回芥川賞候補作。

腹を空かせた勇者ども
金原ひとみ
私ら人生で一番エネルギー要る時期なのに。
ハードモードな日常ちょっとえぐすぎん？
陽キャ中学生レナレナが、「公然不倫」中の母と共に未来をひらく、
知恵と勇気の爽快青春長篇。

#NAME#

児玉雨子

光に照らされ君といたあの時間を、ひとは〝闇〟と呼ぶ――。
かつてジュニアアイドルの活動をしていた雪那。
少年漫画の夢小説にハマり、名前を空欄のまま読んでいる。
気鋭の作詞家、第１６９回芥川賞候補作。